유리가면

무서운 아이

유리 가면

무서운 아이

조영주 지음

생각
학교

목차

개막

.
.
.
.
.
.
.

무서운 아이

유경은 아빠에게 스케치북을 내밀었다.

스케치북엔 시가 적혀 있었다.

난 아빠가 좋다

아빠는 자주 만날 수 없다

아빠처럼 되면 자주 만날 수 있을까?

난 그림은 재능이 없다

그러면 글을 써야지!

글엔 재능이 있을까?

없으면 어쩌지?

아빠는 유경이 준 스케치북에서 한참 시선을 떼지 못했다.

"아빠?"

유경이 염려스러운 표정으로 아빠를 부르고 나서야 가까

스로 입을 열어 말했다.

"최고야……."

아빠의 목소리가 잠겨 있었다.

"우리 딸은 천재야! 벌써 이런 시를 짓다니 우리 딸 대단해!"

아빠는 말하기가 무섭게 울음을 터뜨렸다.

유경은 당황했다.

"아빠 왜 울어? 왜 그래?"

"감동받아서. 우리 딸이 적은 글에 아빠가 너무 감동을 받아서 그래."

유경은 기뻤다. 아빠를 닮은 것 같아서, 아빠를 감동시켜서.

유경은 앞으로도 아빠에게 칭찬을 받기 위해 계속 글을 쓰기로 마음먹었다.

이때 유경의 나이, 일곱 살이었다.

1막

· · · · · · · ·

천의 얼굴을
가진 소녀◇

◇ 각 막의 제목은 미우치 스즈에의 만화
『유리가면』의 큰 챕터 제목을 패러디한
것이다.

1

2022년 3월 10일 목요일, 서울에 위치한 생각중학교 2학년 1반에 전학생이 왔다. 이름은 윤유경. 키가 큰 것 외엔 딱히 눈에 띌 게 없는 학생이다.

유경은 쉽사리 아이들 사이에 끼지 못하고 눈치를 봤다. 아이들은 각기 짝을 지어 대화를 하느라 바빴다. 학기 초인데도 벌써 아이들은 그룹이 나뉘어 있었다. 다행히 그런 유경에게 한 여자애가 다가왔다. 뚜렷한 이목구비에 긴 머리. 2학년 1반에서 가장 눈에 뜨이는 외모를 가진 아이다.

"너 가방 어디서 샀음?"

여자아이는 자기소개보다 질문을 먼저 했다.

"이거? 엄마가 외국 다녀오면서 사다 줬어."

"지갑은?"

"지갑?"

유경은 가방에서 카드지갑을 꺼내 보였다.

"그거 명품 아님?"

"아, 아빠가 안 쓰는 거 줬어."

"너희 아빠 뭐 하시는데?"

"웹툰 그리셔."

"웹툰?"

여자아이는 안 그래도 큰 눈을 더 크게 떴다.

"자세하게 이야기해봐."

"그렇게 유명한 건 아니고, 「약사×약사」를 연재해."

유경의 아빠는 윤민. '윤작가'라는 필명으로 포털사이트에서 웹툰을 연재하고 있다.

"「약사×약사」? 5년 넘게 연재 중인 웹툰? 약사랑 초등학생 딸이 주인공 아님? 잠깐. 그 딸 이름이 경 아니야? 설마 네가 그 모델이야?"

"응."

"쩐다, 너."

여자아이가 손을 내밀었다.

"나 부반장 은유미. 친하게 지내자."

"난 윤유경."

"나 너, 웹툰처럼 경이라고 불러도 됨?"

"물론이지."

"좋아! 경, 나중에 나도 너희 아빠 웹툰에 나올 수 있음?"

"물어보겠음."

2

유미에게는 자신의 그룹이 있다. 유미 그룹은 고나리와 배정원이다. 셋은 교실 맨 뒷자리에 뭉쳐 앉는다. 고나리는 유미의 옆자리, 배정원은 유미의 뒷자리다.

나리는 유경을 보자마자 말했다.

"헐, 삼김?"

삼김은 삼각김밥의 줄임말이다. 유미는 나리의 말을 듣자마자 웃었다. 정말 머리 스타일이 삼김이었다.

유미는 삼김을 관찰했다. 본판은 나쁘지 않았다. 키도 크고 날씬했다. 얼굴도 작았다. 하지만 꾸밀 줄 모르는 것 같았다. 이런 삼김이 반에서 인기를 끌 가능성은 극히 드물었다. 하지만 삼김이 인사를 한 후 안내받은 자리에 앉은 순간, 몸을 돌리며 보인 가방의 상표에 유미는 크게 놀랐다.

삼김의 가방은 명품이었다. 그것도 유미가 너무나 갖고 싶어 하던 최신 아이템이었다. 나리나 정원은 그런 사실을 눈치채지 못한 것 같았다. 둘은 다른 아이들이 비해 유행에 민감하긴 했지만 유미만큼 혈안이 되어 최신 유행을 찾지는 않았다.

유미는 바로 삼김에게 관심이 갔다. 대화를 몇 마디 나누자 완전히 생각을 굳혔다. 유미가 느끼기에 삼김, 아니 경은 흔치 않게 유미와 수준이 맞는 친구였다.

지금껏 유미는 자신과 비슷한 수준의 친구를 거의 만나지 못했다. 나리만 해도 그랬다. 사는 곳과 첫인상, 분위기로 봤을 때엔 같은 수준인 줄 알았다. 그런데 알고 보니 집이 전세였다. 유미는 이 사실을 안 후 나리와 거리를 뒀다. 그러자 나리는 유미에게 집착했다. 유미가 다른 사람과 친해지면 그를 질투해 해코지했다.

정원에게도 그랬다. 유미가 정원과 친하게 지내자 나리는

뒤에서 정원을 괴롭혔다. 정원은 쉽게 기가 죽었다. 나리의
눈치를 보느라 말수가 급격히 줄어들어 이제는 있는 듯 없는
듯 굴었다.

'과연 이번엔 어떨까.'

유미는 흥미롭게 이 상황을 지켜볼 생각이다.

3

방과 후, 다 같이 유미의 집으로 향했다. 유미의 집은 마침
유경의 아파트 바로 옆 동이었다. 아이들이 집에 들어가자 유
미 엄마가 모두를 반갑게 맞았다.

"아빠가 「약사×약사」 작가시라며? 나도 팬이라고 전해주
렴."

유미 엄마는 유미만큼 세련된 분위기였다.

거실 중앙에 카페에서나 볼 법한 멋진 테이블과 의자들이
놓여 있었다. 테이블엔 벌써 음식이 가득했다.

유경이 평택에 살 때, 친구 집에서 대접받는 간식은 대부

분 떡볶이나 김밥이었다. 유미의 집은 달랐다. 피자와 치킨은 기본이고 패밀리 레스토랑에서 주문한 것 같은 음식이 비싸 보이는 접시에 놓여 있었다.

나리와 유미는 신이 나서 바로 음식을 먹기 시작했다. 유경 역시 음식을 먹으려고 포크를 들었다. 그런데 유미가 갑자기 유경을 불렀다.

"경, 경."

유미는 거실 창가에 서 있었다. 유경이 자리에서 일어나 유미에게 다가갔다.

"나리 집은 저기야. 23층."

유미는 비밀 이야기라도 하듯 유경의 귀에 대고 작게 속삭였다.

"정원이는 그 옆 건물 8층. 너희 집은 어디야?"

"저기."

유경은 창밖으로 보이는 자신의 집을 가리켰다. 마침 유미의 바로 옆 동이었다.

"몇 층?"

"2402호."

유경은 자신의 집 주소를 묻나보다 생각했다.

"자가?"

"응?"

"너희 집 전세나 월세 아니고 자기 집이냐고."

유경은 뜻밖의 질문에 당황했다.

"그…… 글쎄, 잘 모르는데."

"한번 물어봐줄래?"

유경은 유미의 질문에 당황했다. 하지만 처음 사귄 친구에게 안 된다고 말하기가 쉽지 않아 아빠에게 메시지를 보냈다.

> 아빠, 우리 집 자가야?

> ㅇㅇ

"자가래."

"대출금 있어?"

유경은 다시 한번 당황했다. 하지만 일단 그대로 물어보았다.

> 우리 집 대출금은?

> ㄴㄴ

"없대."

"너 진짜 괜찮은 애구나."

유미는 유경의 말에 감탄한 표정을 지었다.

"우리 친하게 지내자."

유경은 뭔가 이상했지만 일단 넘겼다.

"우리 내일부터 함께 등하교할래?"

"좋아!"

유경은 무척 기뻤다. 유미와 등교하면 어떤 풍경을 만날지, 상상만으로 두근거렸다.

4

유경의 부모는 다섯 살 때 이혼했다. 그 후 유경은 평택에서 엄마와 단둘이 살았다.

올해부터는 아빠 윤민과 같이 살지만 따로 살 땐 일주일에 한 번씩 만났다. 유경은 아빠를 만날 때마다 일주일간 있었던 일을 열심히 적어 보여주었다. 그러다 언젠가 시를 써서 보여줬더니 아빠가 다음에 만날 때 노트 한 권을 선물했다.

표지가 두꺼운 초록색 노트였다.

"네가 본 것들을 여기에 적어보렴."

그날 이후 유경은 매일 즐거웠던 일들을 시간 가는 줄 모르고 메모했다. 가장 좋아하는 것은 학교를 오갈 때 보는 풍경이었다.

유경이 눈에 보이는 모든 것으로 노트 한 권을 가득 채웠을 때, 아빠는 똑같이 생긴 새 노트를 주며 말했다.

"우리 딸이 '낯설게 하기'를 하게 됐구나."

"그게 뭐야?"

"처음 썼던 글을 보자."

아빠는 유경이 채운 노트의 앞부분을 보이며 말했다.

통복천을 걸었다. 바람이 세다. 기분이 좋다. 사람들이 많다. 다들 기분이 좋아 보인다. 반대편에서 걸어오는 개도 웃고 있다.

"유경이가 노트를 처음 받아 글을 쓰기 시작했을 때엔 문장이 짧고 직설적이었단다. 하지만 최근엔."

아빠는 노트의 가장 최근 글을 보여주었다. 마찬가지로

통복천의 풍경을 적은 부분이었다.

평택의 등하교길은 다채롭다. 봄이면 통복천을 따라 걷는다. 개나리부터 시작해 벚꽃에 이어 배꽃, 조팝나무로 이어지는 봄꽃의 향연은 가장 좋아하는 풍경이다. 초여름엔 저수지가 중앙에 있는 공원을 통과해 학교로 간다. 저수지의 분수를 보기 위해서다. 가끔 분수를 중심으로 무지개라도 생기면 마음까지 시원해진다. 가을이면 하교할 때마다 배밭에 간다. 못생겨서 떨이로 파는 배를 사서 그 자리에서 친구들과 나눠 먹는다. 찬 바람이 불기 시작하면 첫눈을 기다린다. 친구들 중 누군가가 눈이 온다, 메시지를 보내면 당장 집 밖으로 뛰쳐나간다. 근처 공터에서 눈사람을 만들고 눈싸움을 하느라 시간 가는 줄 모른다.

"훨씬 세밀해졌지. 어려운 단어도 늘었고. 이건 대단한 일이야. 유경이는 글을 쓴다는 가정하에 주변을 관찰했어. 노트에 적으면서 예전과 다르게, 더욱 새롭게 글을 쓰려고 노력했고. 그랬기에 이런 문장을 적을 수 있는 거란다."

아빠는 잠시 생각하는 표정을 짓다가 말했다.

"아빠는 유경이 이야기를 작품으로 만들고 싶구나."

"소설?"

엄마 말에 따르면, 아빠는 계속 소설을 썼다고 한다. 그것도 대단한 소설을 연달아 썼단다. 유경은 한 번도 보지 못했지만 노트를 볼 때마다 글 쓰는 법을 이야기해주는 걸 보면, 엄마 말대로 아빠가 쓰는 소설은 대단할 것 같았다.

"아니, 소설 말고."

아빠는 유경의 말에 대답을 머뭇거리더니 애써 웃어 보인 후 말했다.

"완성하면 보여줄게."

아빠가 말한 작품은 만화였다.

통복천을 걷는 윤 약사와 딸 윤경.

윤 약사와 딸 경은 어느 봄날 우연히 통복천 산책로에서 강아지를 구한다. 흐드러지게 핀 벚꽃나무 아래에 앉아 있던 새하얀 개를 만난 후, 윤 약사의 약국에 자꾸 신비한 약이 나타난다.

이후 이 약이 필요한 기이한 존재들, 이승을 떠나지 못한 혼백, 요괴, 심지어 동화 속 인물들이 약국을 찾아오면서 경은 '요괴들의 약사'가 된다.

아빠는 인간의 약을 조제하고, 딸 경은 요괴들의 약을 조제한다.

그게 웹툰 「약사×약사」의 시작이었다.

유경은 자신의 노트가 아빠의 웹툰으로 변한 게 신기하기만 했다. 이후 더욱 신이 나서 메모했다. 소소한 행복, 즐거운 경험, 슬픈 경험, 그렇게 메모한 걸 아빠에게 보여주면 아빠는 일일이 감상을 들려주었다. 개중 좋은 건 아빠의 웹툰 소재가 됐다. 그러면 유경은 뛸 듯이 기뻐하며 엄마와 친구들에게 자랑했다.

최근에는 아빠가 유경의 메모를 소재로 삼는 일이 없었다. 작년, 엄마가 재혼을 결정한 후 유경이 분주했던 탓이다.

삼 년 전, 엄마에게 사귀는 사람이 생겼다. 같은 회사에 다니는 동료다. 엄마보다 세 살이 많고 마찬가지로 재혼이다. 엄마는 그 남자친구와 반년 전 결혼을 선언했다. 계기는 남자친구의 해외 발령이었다.

"엄마랑 함께 외국에 갈래, 아니면 한국에 남아 아빠랑 살래?"

"아빠 콜."

유경은 단번에 아빠와 함께 서울에 남는 것을 선택했다.

새아빠 역시 재혼이라 아이들이 있다. 둘 다 남자로 한 명은 고등학생, 다른 한 명은 유경과 같은 중학교 2학년이다. 이 둘은 유경과 달리 엄마가 아닌 아빠와 같이 살았다.

유경은 이들과 몇 번 밥을 먹은 것 외에는 전혀 교류가 없었다. 어쩌다 만나더라도 서먹함을 참을 수 없어 각기 고개를 숙인 채 핸드폰만 들여다봤다. 이런 상황에서 갑자기 함께 살게 된다면, 게다가 그곳이 해외라면, 얼마나 어색할지 상상도 할 수 없었다. 그래서 유경은 아빠와 사는 걸 선택했다.

올해 1월, 함께 살게 된 후 아빠는 그간 못 놀아준 시간을 보상이라도 하려는 듯 유경을 데리고 서울 곳곳을 돌아다녔다. 그러다 결국 사고를 쳤다. 연재를 펑크 낸 것이다.

"지금 장난해? 연재 펑크가 말이 돼?"

아빠의 연재 담당자가 집으로 쳐들어왔다.

연재 담당자의 이름은 김영희. 어딘지 모르게 엄마랑 인상이 비슷하고 키가 큰 여자였다. 영희는 아빠를 보자마자 불같이 화를 내다가 유경을 보자 화들짝 놀랐다. 급히 표정을 바꿔 말했다.

"안녕, 유경아. 말 많이 들었어. 아줌마 첨 보지?"

하지만 겁을 먹은 유경은 아빠와 마찬가지로 나란히 무릎을 꿇고 있었다.

"선생님, 오늘은 유경이를 봐서 넘어가겠어요. 당장, 세이브 원고, 해놓으세요."

"네, 알겠습니다. 죽을죄를 졌습니다."

아빠는 머리가 땅에 닿도록 납작 엎드려 말했다. 그러자 영희는 다시 다정한 표정을 지으며 유경에게 말했다.

"유경이는 뭐 갖고 싶은 거 없니? 아줌마가 다음에 올 때 사다 줄게."

"다, 다음에 또 와요? 아빠가 펑크 내서?"

"아니, 그게 아니라……."

영희는 약간 당황한 표정으로 다시 한번 아빠를 힐긋거렸다. 그러자 아빠가 벌떡 일어나더니 영희 옆에 섰다.

유경은 둘이 나란히 선 모습에서 새아빠와 엄마를 떠올렸다. 새아빠는 어딘지 모르게 아빠와 닮았다. 그런데 영희도 어딘지 모르게 엄마와 닮았다. 자연스레 유경의 입에서 이런 말이 튀어나왔다.

"설마 이 언니가 말로만 듣던 여친……?"

"응, 뭐. 그렇지."

"헐, 왜?"

유경이 진심으로 놀라 말했다.

"왜 언니 같은 사람이 우리 아빠랑 사귐?"

"우리 유경이가 사람 보는 눈이 있네!"

영희가 입이 찢어져라 웃었다.

"다들 그런다니까! 내가 아깝다고!"

이 말에 아빠는 다시 시무룩해졌지만 영희는 얼굴이 활짝
폈다.

"민 씨가 아직 아마추어로 만화를 그리고 있을 때 그 재능
을 알아본 게 나란다. 그게 인연이 되어서 사귀게 됐어."

당시 영희는 '보라장미'라는 이름으로 활동하며 신인을 발
굴하는 역할을 하고 있었다. 그런 '보라장미'가 눈여겨보던 작
가가 유경의 아빠, 윤민이었다.

"자세한 이야기는 다음에 하자. 일단 저 인간…… 아니 선
생님, 세이브 원고 만들어야 하니까."

"좋아요! 나 예쁜 사람 완전 좋음!"

영희는 싱글벙글하며 돌아갔다.

"딸."

영희가 문을 닫자마자 아빠가 말했다.

"내가 그렇게 별로야?"

"응."

유경은 단호했다.

"객관적으로 생각을 좀 해봐라. 아빠가 잘난 게 뭐가 있냐? 마흔셋에 중2 딸에다가 모아놓은 돈……은 좀 있네. 하지만 아무리 그래도 영희 언니한테는 안 되지. 영희 언니는 나이 뭐, 스물일곱?"

"저래 봬도 서른다섯이야."

"대박. 그럼 미녀에다가 동안인 거야? 게다가 아빠 연재하는 포털이면 완전 대기업 아님? 연봉 장난 아닐걸? 그런 영희 언니가 대체 뭐가 아쉬워서 아빠를 사귐? 아빠 정신 차리셈. 마감 못 해서 차이지 않게. 엄마한테 차이고 영희 언니한테까지 차이면 아빠는 독거노인 예약임."

"딸."

"응?"

"아빠 팩폭으로 쓰러지겠어. 그만해, 좀."

그날 이후 아빠는 컴퓨터로 마감에 열중했고, 유경은 그런 아빠를 감시하며 바로 옆에서 핸드폰으로 글을 썼다.

작년, 엄마가 재혼하면서 핸드폰을 사 줬다. 핸드폰은 한동안 멀리 떨어져 있어야 하는 엄마와 연락하기 위한 도구였다.

유경은 핸드폰이 마음에 들었다. 핸드폰에 빠르게 글자를 입력하는 건 노트에 쓸 때와 전혀 다른 느낌이었다. 유경은 보이는 모든 것을 글로 적었다. 그중에는 아빠와 영희의 알콩달콩한 연애 이야기도 있었다. 이렇게 쓴 메모들은 아직까지 아빠의 웹툰 소재로 쓰인 적이 없었지만, 상관없었다.

유경은 글을 쓰는 게 즐거웠다. 글을 쓰면 잠시 딴 세상으로 가는 것만 같았다. 특히 집에 혼자 있어 심심하거나 외로울 때 글을 쓰면 그렇게 시간이 금방 흐를 수 없었다. 유경은 하루라도 글을 쓰지 않으면 손에 가시가 돋지 않을까 싶을 정도로 글쓰기에 중독되어 있었다.

내일의 민

 윤민은 숭일대 문예창작과 99학번, 이혼한 아내 배미라는 같은 학교 컴퓨터공학과 98학번으로 미라는 민보다 한 살이 많다. 미라는 공대고, 민은 인문대다.

 이런 둘이 만나 사랑에 빠진 곳은 문창과 과방이었다.

 문창과 학생들은 자체적으로 문학 동아리 '창'을 운영했다. 이 동아리는 문창과에서 만들었지만 문학에 관심이 있는 숭일대생은 누구나 가입이 가능했다. 미라는 그렇게 가입한 컴공과 학생이었다.

 처음 민이 동아리방에 들어갔을 때, 미라는 만화책『유리가면』을 보고 있었다. 다음 날도, 그다음 날도 계속. 심지어 미라는 다들 술을 마실 때에도 손에『유리가면』을 들고 있었다.

 민은 미라가 이상하다고 생각했다. 문학 동아리면 소설을 읽어야지 만화를 저렇게 당당하게, 그것도 집중해서 보는 것이 이해가 안 됐다. 그런 생각을 술자리에서 꺼내자 동아리 회장이 말했다.

"세상엔 두 종류의 사람이 있지. 『유리가면』을 본 사람과 안 본 사람."

이 말에 모두가 거의 동시에 고개를 끄덕였다. 알고 보니 민을 제외한 모든 동아리 학생이 『유리가면』을 봤다. 민이 『유리가면』을 안 봤다는 사실을 알자마자 다들 피라도 토할 듯 흥분해서 『유리가면』의 위대함을 떠들어댔다.

"「홍천녀」를 향한 마야와 아유미의 열정!"

"우리나라에도 이 만화 보고 배우가 된 사람 많을 듯."

"『유리가면』은 순정만화의 역사이자 보고지."

"묵묵히 배우의 길을 가는 두 주인공의 모습에는 감탄밖에 안 나와."

"나는 이 만화를 통해 메소드 연기가 뭔지 처음 알았어."

술자리는 새벽까지 이어졌다. 하나둘 동방에서 쓰러져 잠들었다. 마지막까지 남은 건 민과 미라였다.

미라는 말이 별로 없었다. 술자리에서도 마찬가지로 한 손에 『유리가면』을 든 채 술만 홀짝일 따름이었다. 민과 단둘이 남았을 때도 미라의 태도엔 변함이 없었다. 미라는 시큰둥한 표정으로『유리가면』에 집중했다.

눈을 감으면, 민은 지금도 그날의 미라를 떠올릴 수 있다. 안경을 쓴 미라, 살짝 입을 내민 채『유리가면』에 집중한 미라.

미라는 머리가 길다. 가슴까지 온다. 자연스레 흘러내린 앞머리 몇 가닥이 만화책에 닿을 듯 말 듯 하다. 머리카락이 만화책을 보는 걸 방해하면, 미라는 잔뜩 집중한 표정으로 책장과 함께 머리카락을 쓸어 올린다. 얼마 지나지 않아 머리카락이 다시 독서를 방해한다. 미라가 길고 새하얀 손을 우아하게 놀려 머리를 하나로 묶다가 자신을 멍청히 바라보고 있는 민과 눈이 마주친다. 가방에서 만화책 한 권을 꺼내 건넨다.『유리가면』1권.

"궁금하지?"

"가, 감사합니다."

다시 미라는 자신의『유리가면』으로 빠져든다. 민은 그런 미라를 잠시 더 바라보다가『유리가면』을 편다. 잠깐 보다 말아야지, 하는 생각이었으나 정신을 차려보니 마지막 장이다. 흥분해서 고개를 들며 말한다.

"『유리가면』은 어지간한 소설을 능가하는 감동이 있습니다! 미우치 스즈에는 천재군요!"

미라가 흡족한 미소를 지으며 말한다.

"2권도 줄까?"

얼마 지나지 않아 민은 『유리가면』 전권을 독파했다. 그러
자 미라가 말했다.

"미우치 센세는 1997년 일본의 잡지에서 이런 말씀을 하
셨어. 『유리가면』의 결말은 이미 수십 년 전에 정해놨다고."

미라는 늘 미우치 스즈에를 센세라고 불렀다.

"그런 건 어떻게 아세요? 그 잡지가 국내에 들어왔나요?"

"별것 아냐."

미라는 시큰둥한 표정으로 말했다.

"일본어를 좀 공부했어. 『유리가면』이 국내에 번역되어 나
오는 거 기다리다 눈이 빠지겠어서 어쩔 수 없이. 너 지금 보
는 그거, 내가 번역하고 자비 출간한 거야."

민은 자신이 손에 든 41권을 새삼 다시 바라보았다.

"너무, 전문가의 솜씨 같아요."

"미우치 센세에게 폐가 될까봐 공부 좀 했어."

"공부라뇨?"

"그냥 뭐, 맥이라던가, 편집 프로그램이라던가. 그걸 사용해보려고 들어온 거야, 이 문학 동아리. 문창과에서는 맥 다루는 법을 배울 수 있다기에."

1999년 당시 국내에는 개인이 애플에서 만든 컴퓨터인 맥을 소장한 경우가 거의 없었다. 숭일대 문창과는 학생들의 편집 프로그램 실습 등을 위해 과방에 맥 컴퓨터를 들여놓았다. 미라는 맥에서만 사용할 수 있는 편집 프로그램 다루는 법을 익혀『유리가면』책을 만들었다.

처음 문창과 학생들은 이런 미라를 희한하다고 생각했으나 그녀가『유리가면』을 보기 위해 독학으로 일본어까지 익혔다는 사실을 안 후엔 그를 도와줬다. 책이 완성되었을 때엔 다 함께 돌려 보기도 하였다.

"그런데 선배, 42권은 언제 나와요?"

"휴재야."

미라가 인상을 썼다.

"1997년에 연재가 중단됐어."

"말도 안 돼!"

"센세를 믿고 기다리는 수밖에."

그러더니 미라가 CD 몇 장을 꺼냈다.

"대신 이런 게 있어."

"그게 뭡니까, 선배?"

"아사히 텔레비전에서 만든 『유리가면』 드라마야. 1기, 2기, 스페셜까지 모두 여기 담았어. 자막은 내가 직접 달았지. 1982년에 만들었다는 라디오 드라마도 있어. 하지만 이건 나도 못 구했어."

이번에는 미라가 여섯 권의 소설책을 꺼냈다. 일본어로 된 문고본 세 권과 '유리가면'이라는 제목이 적힌 우리말로 된 소설 세 권이었다.

"『유리가면』 소설이야. 일본어로 된 건 정본이야. 이거 두 개는 노벨라이즈본. 1982년 와카사키 켄이 썼어. 이건 『유리가면 살인사건』이라고, 1991년 츠지 마사키가 쓴 거야. 이쪽 세 권은 우리나라에서 나온 해적판 소설이야. 프랑스를 배경으로 해서 쓴 거야. 난 사실 이 해적판 소설로 처음 『유리가면』을 접했어. 푹 빠져서 읽었지. 그런데 알고 보니 이게 만화가 있는 거야! 게다가 훨씬 재밌는 거지!"

평소의 미라는 말수가 없는 편이었으나 『유리가면』 이야기를 시작하면 달랐다. 한번 입을 열면 닫지 못했다.

민이 가장 놀란 건 미라가 『유리가면』 잡지며 소설을 구하기 위해 고등학생 시절부터 몇 번이고 일본에 다녀왔다는 사실이었다. 지금이야 해외여행이 보편화되었지만 당시엔 흔치 않은 일이었다.

"헌책방 거리 진보초를 다 뒤졌어. 1982년본 노벨라이즈를 찾았을 때 나도 모르게 비명을 질렀다니까. 그랬더니 거기 주인아저씨가 놀라서 뛰어나왔다가, 내가 손에 든 책을 보고는 고개를 끄덕이더라. 나 같은 마니아가 많았던 거지. 하지만 계산할 때 내가 한국 사람인 걸 알고 엄청 놀랐어."

미라는 한참 빠르게 말하다 갑자기 표정을 바꿨다.

"혹시나 해서 말하는데, 오해하지 않았으면 좋겠어. 나는 일본의 역사왜곡이라든가 그들의 일본정신 같은 건 질색이야. 결코 그쪽에 동의하는 게 아니라고. 그저 『유리가면』이 너무 좋을 뿐이야."

"네, 알겠어요."

민은 웃었다. 꽤나 자주 지적을 받은 모양이었다.

"뭐, 그럼 됐고."

미라는 약간 입을 삐죽거렸다. 민은 그런 미라가 귀엽다고 생각했다.

민은 미라처럼 뭔가에 푹 빠져본 적이 없었다. 문창과에

오게 된 것도 어쩔 수 없는 선택이었다.

고등학교 2학년 1학기, 민은 우연히 교내 백일장에서 좋은 성과를 거뒀다. 그랬더니 문학 동아리 선생님이 민을 불렀다.

"대학은 어떻게 할 거니?"

"성적에 맞춰 가려고요."

"그럼 백일장에 나가보는 건 어떠니?"

선생님은 다이어리를 꺼내 보이며 말했다.

"대학에서는 자주 백일장을 개최한단다. 그곳에서 우수한 성적을 거두면 해당 대학의 특례입학이 가능해. 민이는 문장 감각이 뛰어나니 분명 해낼 수 있을 거다."

대학입시제도가 몇 번이고 바뀌면서 지금은 상상도 못 할 일이 되었지만, 지난 세기엔 가능했다. 민의 반 등수는 늘 중하위권을 맴돌았다. '인 서울'은 절대로 불가능, 4년제 대학이나 가면 다행이었다. 이런 민이 인 서울, 그것도 4년제 대학에 갈 수 있다는 선생님의 말은 충분히 매력적이었다. 민은 백일장 키드가 되었다. 처음엔 연달아 낙방했지만 3학년 1학기, 마지막이라고 생각한 숭일대 백일장에서 장원으로 입상해 특례입학에 성공했다. 그리고 미라를 만났다. 『유리가면』에 대해 더 깊이 알고 싶다는 열망으로 일본어를 독파하고 고등학생 시절부터 배낭여행으로 일본을 오갔다는 미라. 국내에 정식 발매되는 시간을 기다릴 수 없어 스스로 책을 만들기 위해 문창과 동아리까지 가입한 미라. 민에게 미라는 매력적으로 보일 수밖에 없었다.

민은 미라에게 푹 빠져들었다. 미라와 함께 있고 싶어 더욱 열심히 『유리가면』을 탐닉한 끝에 소설을 한 편 썼다. 만화 『유리가면』에서 이어질 내용을 상상해 쓴 소설, 미라 말고는 아무에게도 보여주지 않은 민의 첫 작품 『홍천녀』였다.

『홍천녀』는 무려 200자 원고지 800매에 이르는 장편소설이었다. 미라는 그걸 앉은자리에서 단번에 읽어치웠다. 그러고는 민의 손을 덥석 잡고 소리 질렀다.

"민아, 넌 천재야! 넌 글을 써야 해!"

민은 미라의 칭찬이 기분 좋았다. 고등학생 시절에 대학을 쉽게 가기 위해 백일장 키드가 되었던 것처럼 미라의 관심을 끌기 위해 소설을 쓰기 시작했다. 미라는 민이 소설을 쓸 때마다 칭찬을 아끼지 않았다. 그렇게 소설을 쓰고, 응원하는 일을 반복하다보니 자연스레 둘은 사귀고 있었다.

2막

.
.
.
.
.
.
.
.

화려한 미로

5

오늘은 유경이 유미와 함께 처음 등교하는 날이다. 유경은 기대에 가득 찼다. 유미는 유경이 보지 못한 것들이나 새로운 것들을 알려주겠지, 둘이 나누는 대화는 메모를 더욱 풍성하게 해주겠지, 하고 말이다.

유미는 아파트 앞이 아니라, 단지 입구에서 만나자고 했다. 유경은 아파트 앞에서 만나서 함께 가면 좋을 텐데, 하고 아쉬워하며 약속 장소인 단지 입구로 향했다.

아침 시각이라 출근하는 자동차가 많았다. 유경은 자동차를 피해 조금 떨어져 서서, 유미의 아파트 쪽을 바라보며 유미를 기다렸다. 그런데 지하 주차장을 빠져나오던 벤츠 한 대가 유경의 앞에 서서 빵빵 하며 클랙슨을 울렸다. 뒷문 차창이 열리더니 유미가 유경을 보며 소리 질렀다.

"경, 어서 타!"

유미는 엄마 차를 타고 나타났다. 유경은 예상 밖의 사건으로 당황했으나 일단 차에 탔다. 주차장을 빠져나오는 다른 차들에 민폐가 될 것 같았기 때문이다.

차를 탄 덕분에 고작 5분 만에 학교에 도착했다. 유미와 어떤 교감도 나눌 수 없었다. 유미네 엄마가 모는 벤츠는 선팅을 진하게 해서 바깥 풍경을 제대로 볼 수 없었다. 완벽한 방음 탓에 소리도 들리지 않았다. 그래도 유경은 긍정적으로 생각했다. 당황한 기분을 있는 그대로 메모하면, 그것 역시 좋은 글이 되리라 여겼다. 예전에도 그런 일이 있었다. 아빠는 유경이 학교에서 친구와 싸운 이야기에서 영감을 얻어 「약사×약사」 58화 '이심전심 역지사지'에 사용했다.

유경은 유미의 차를 타서 당황한 에피소드도 아빠가 멋지게 웹툰으로 만들어줄 것 같았다. 예를 들어 아픈 요괴에게 왕진을 가게 된 경이 요괴의 자동차를 타고 겪는 일이 펼쳐진다든지. 문제는 유미가 메모할 시간을 주지 않는다는 점이지만.

학교에 도착한 유경이 핸드폰을 꺼냈다. 오늘 아침 등굣길의 낭패를 기록하려고 하는데 유미가 또 말을 시켰다.

"너 핸폰 완전 최신 기종 아님?"

"새아빠가 졸업기념 선물로."

"새아빠?"

이 말에 유미의 표정이 미묘하게 달라졌다. 약간 인상을 썼다. 유경은 아무렇지 않은 표정으로 설명했다.

"우리 부모님 이혼했거든. 엄마는 얼마 전 재혼했어."

"새아빠는 뭐 하는데?"

"그냥 회사원."

"어디 살아?"

"캐나다."

"캐나다? 외국인이야?"

"아니, 해외발령 나서. 엄마도 같은 회사라서 함께 갔어."

"무슨 회산데?"

유경이 누구나 아는 대기업 이름을 대자 유미는 연이어 학력을 물었다. 유경이 새아빠와 엄마가 모두 박사라고 말하자 감탄하는 표정을 지었다.

"친아빠는 웹툰 작가에 새아빠는 대기업? 박사에 연구원 부부? 연봉 얼만데?"

"여, 연봉? 그런 건 잘 모르는데."

"와, 꼭 물어봐. 나리, 정원 들어봐."

유미는 급히 다른 아이들을 불러 모았다.

"유경이네 엄마가 재혼했는데, 부부가 둘 다 박사에 연구원이래. 게다가 캐나다에서 일한대."

"연봉 1억 넘는 거 아냐?"

"장난 아닌데?"

평택에 살 때엔 친구들이 부모에 대해 묻는 일이 거의 없었다. 물론 유경의 아빠가 웹툰 작가라는 건 다들 알고 신기해했다. 하지만 이렇게까지 자세하게 두 아빠의 직업과 연봉을 묻고 그걸 화제로 삼는 일은 처음이었다.

"원래 서울 애들은 이런 이야기를 하니?"

"평택은 달라?"

"응."

"평택에서는 무슨 이야기 하는데?"

"배꽃이 핀 이야기라든가, 분수대의 물을 틀었다든가. 아, 배를 떨이로 파니까 사러 가자든가."

이 말을 하자마자 아이들이 거의 동시에 웃었다.

"유경아, 어디 가서 그런 이야기 하지 마. 우리니까 이러고 웃고 말지, 딴 데 가면 왕따 당해."

유미가 말했다.

"무슨 할머니도 아니고 배꽃에 분수에 그게 뭐야."

"방과 후엔 코노를 가야지 배밭을 왜 가."

나리와 정원도 한마디씩 덧붙였다.

유경은 창피했다. 동시에 왕따라는 단어가 머리에 깊이
박혔다. 왕따에 대해서라면 초등학교 때 다른 반 아이가 왕따
를 당한다는 걸 들은 게 전부다. 유경은 그것만으로도 겁을
먹었다. 그런데 이 정도 이야기로 왕따 이야기가 나오다니,
유경은 조심해야겠다고 생각했다.

6

그날 이후, 유경은 유미 그룹 애들을 관찰했다. 그들이 말
하는 촌스럽지 않은 게 뭔지 알기 위해서였다.

얼마 안 가 유경은 몇 가지 사실을 깨달았다.

이제 유경은 아이들 사이에 '레벨'이 있다는 걸 알게 되었
다. 아이들은 사는 곳에 따라, 들고 다니는 물건에 따라, 그리
고 부모의 직업에 따라 수준이 달라진다고 여겼다.

예를 들어 이 그룹의 왕은 유미다. 유미가 무엇을 좋아하는지에 따라 세련된 것과 촌스러운 것이 구별된다. 유미의 기분을 거스르면 그룹 전체의 분위기가 흐려진다. 유미의 행동에 맞춰주지 않고 눈치 없게 행동하면 뒤에서 욕을 먹는다.

그 사실을 알고 나니 상표가 새롭게 보였다. 유미의 말대로 아이들이 들고 다니는 물건의 상표가 달랐다. 유경은 자신이 갖고 있는 물건의 브랜드를 확인했다. 유경이 가진 물건은 대부분 명품이었다.

유경은 고민했다. 명품이 아닌 물건은 실수로라도 들고 다니지 않도록 일단 다른 쪽에 치웠다. 그중에는 유경이 좋아하는 웹툰 캐릭터 굿즈도 있었다. 「약사×약사」 연재 5주년 기념 '꽃개' 인형. 유경은 이 인형을 좋아해서 언제나 가방에 달고 다녔다.

'이 정도는 괜찮지 않을까.'

유경은 인형을 양손에 쥐고 한참 만지작거렸다.

하지만 결국 뗐다.

아무리 귀엽고 예뻐도 명품이 아니면 수준이 떨어지니까, 유미가 그랬으니까. 유경은 유미와 계속 친하게 지내고 싶으니 참을 수밖에 없었다.

7

생각중학교는 매달 첫 시간 학급자치회를 연다. 그때마다 각 학급은 한 달간 반에서 활동할 반장과 부반장을 뽑는다. 3월 반장은 채준, 부반장은 유미가 됐다. 유미는 자신과 채준이 가깝고, 서로 비슷한 수준임을 강조하며 당연한 일이라고 거듭 말했다.

채준은 남학생들 사이의 중심인물이다. 공부도 잘하고 운동도 잘해서 인기가 많다.

유미는 늘 말했다.

"나 채준이랑 소꿉친구야. 유치원부터 같이 다녔어."

이상하게도 유미는 그렇게 친하다는 채준과 교실에서 대화를 나누는 일이 없었다.

나리가 이 사실을 눈치챘다.

"지금은 같은 반에 같은 학급 임원인데, 왜 둘이 대화를 안 해?"

유미는 나리의 질문에 크게 당황했다. 반에서 가장 큰 눈을 더욱 크게 뜨고는 좌우로 눈동자를 한참 굴리더니 나리를 똑바로 노려보며 말했다.

"그런 게 있어."

"그런 게 뭔데?"

"나랑 채준이는, 그런 사이인 거야."

"그런 사이가 뭐냐고."

"네가 들으면 알아? 그보다 고나리 너, 살찐 거 같다? 한 3킬로 찐 거 아냐? 나 같으면 창피해서 학교 못 올 듯. 어떻게 그러고 학교에 올 생각을 하니?"

유미는 갑자기 나리의 외모로 화제를 돌렸다. 나리는 당황해 밤에 라면을 먹어 부은 거라고 말했지만 유미의 공격은 멈추지 않았다.

이날 이후 유미는 대놓고 나리를 무시했다. 점심시간, 다 같이 밥을 먹을 때면 나리를 제외한 유경과 정원에게만 귓속말로 소곤거렸다. 그러고는 막 혼자 웃었다. 나리가 유경과 정원에게 말을 걸면 들으라는 듯 말했다.

"실망이야. 너희 나리랑 같은 레벨이었어?"

이 말을 듣고 나면 유경과 정원은 입을 다물 수밖에 없었다.

나리 역시 유미가 저 정도로 대놓고 말하자 먼저 말을 꺼내는 일이 없어졌다. 그래도 늘 유미를 따라다녔다. 유미의 눈치를 보며 마음에 들려고 노력했다.

유경은 나리가 안쓰러웠다. 자신이라도 다정하게 대해주고 싶었다. 하지만 그런 티를 냈다가는 유미가 싫어할 것 같았다.

유경은 나리와 단둘이 있을 기회를 찾았다. 그러다 우연히 화장실에 둘만 남았다. 유경은 세면대에서 손을 닦으며 나리에게 말을 붙였다.

"나리야, 유미 계속 저럴 거 같아. 너무 힘들면 다른 애들하고 놀아. 유미 화 풀리면 말해줄게."

"유미가 나한테 무슨 화가 났다고 그래?"

나리는 손 닦기에 집중하며 시큰둥하게 대답했다.

"유미가 너한테 말을 안 걸잖아. 말해도 무시하고."

"괜찮아."

"너 힘들지 않아?"

"괜찮다고."

"하지만……."

나리가 한숨을 길게 내쉬었다. 수도꼭지를 잠근 후 거울 속 유경을 똑바로 노려보며 말했다.

"윤유경, 내가 가장 힘든 게 뭔지 알아?"

"뭔데?"

"너야."

"나?"

유경은 당황했다. 너무 놀란 나머지 손을 닦다 그대로 멈췄다. 잠시 유경과 나리 사이에는 물소리만 흘렀다.

멀리, 문밖 복도에서 누군가 웃는 소리가 나자 유경은 정신을 차렸다. 거울 속의 나리를 보며 물었다.

"내가, 왜?"

나리가 몸을 돌렸다. 당황한 유경을 바라보며 말했다.

"너, 재수 없어."

유경은 예상치 못한 말에 다시 한번 말문이 막혔다.

"유미가 너 좀 마음에 들어 한다고 이 기회를 틈타 날 밀어내려나 본데, 웃기지 마. 나랑 유미는 1학년 때 내내 베프였어. 난 다시 유미 베프가 될 거야. 우리 크루에서 밀려나는 건 내가 아니라 너라고, 이 삼김아!"

나리가 유경의 어깨를 세게 밀쳤다. 유경은 그대로 바닥에 주저앉았다. 치마가 흠뻑 젖었다.

"아 진짜, 촌스러운 거 묻었잖아."

나리는 짜증을 내며 자신의 손을 다시 한번 물로 닦았다.

그러고는 화장실 밖으로 나갔다.

유경은 혼란스러웠다. 나리를 은근히 무시하고 뒤에서 욕하는 건 유미다. 그런데 왜 나리는 유경에게 화를 내는 걸까.

유경은 천천히 일어났다. 세면대의 물을 잠그고 거울 속 자신을 바라보았다.

낯선 여자아이가 서 있었다.

여자아이가 교복 조끼 안에 받쳐 입은 티셔츠는 요즘 유행하는 고급 브랜드다. 티셔츠 사이로 살짝 드러난 목걸이 역시 명품이다. 하지만 여자아이의 얼굴은 명품과 어울리지 않았다.

여자아이는 다른 아이들과 달리 피부가 새까맣게 그을려 있었다. 머리 스타일도 우스꽝스러웠다. 일자로 자른 앞머리에, 뒷머리 역시 일자로 자른 단발머리. 나리의 말대로 삼김, 꼭 삼각김밥 같았다.

이런 아이의 얼굴에서 다른 아이들과 비슷한 부분은 입술이었다. 명품 화장품 틴트를 발라 촉촉하게 반짝이는 입술은 분명 세련되어 보였다. 하지만 그 세련됨은 균형이 맞지 않아 어색할 뿐이었다.

나리의 말이 맞았다. 유경은 촌스러웠다.

8

화장실 사건 이후, 유경은 나리만 보면 움찔거렸다. 나리는 그런 유경을 신경도 쓰지 않았다. 오히려 가끔 유경과 눈이 마주치면 코를 쥐고 냄새가 난다는 표정을 지으며 입 모양으로 말했다.

'촌스러워.'

혹은 삼각형 모양을 만들어 보이며 소리 내 말했다.

"삼김."

처음엔 나리가 무서웠다. 하지만 이런 일이 반복되자 유경은 오기가 났다.

유경은 촌티를 벗기로 결심했다. 모두와 헤어져 유미와 단둘이 남았을 때 유미에게 도와달라고 말했다.

"경, 대박! 대환영!"

유미는 무척 기뻐했다. 유경과 유미는 주말에 만나기로 약속을 잡았다.

유경이 서울에 와서 처음 사귄 친구와 놀러 간다고 하자 아빠는 선뜻 신용카드를 내줬다.

"실컷 써. 아빠 몫까지."

아빠의 표정은 사뭇 비장했다. 마감에 또 쫓기는 모양이었다.

유미와 함께 보낸 주말은 즐거웠다. 유경은 SNS에서 유명하다는 카페, 레스토랑을 찾아갔다. 유미가 골라주는 물건을 사고, 유미가 다니는 미용실에 가서 머리 스타일을 바꿨다. 모든 돈은 유경이 냈다. 총 지출액이 이십만 원이 넘었다. 유경은 금액을 보고 가슴이 두근거렸다. 아빠한테 혼이 나면 어쩌나 전전긍긍했다. 하지만 유미는 아무렇지 않아 했다.

"딸이 예뻐지면 부모는 모두 좋아해."

유미가 유명 브랜드의 아이스 아메리카노를 빨대로 쪽쪽 빨아 마시며 대꾸했다.

"우리 엄마는 내 피부에 여드름만 하나 나도 난리 나. 살이 조금만 쪄도 바로 화를 내며 헬스장에 다니라고 해. 너희 부모님도 티를 안 내서 그러지 똑같을걸?"

유경은 한 번도 부모에게 저런 말을 들은 적이 없었다. 하지만 유미의 말을 듣자니 다른 생각이 들었다. 어쩌면 그간 부모가 유경에게 아무 잔소리도 하지 않은 것은 유경이 너무 꾸미지 않아서일 수도 있을 것 같았다.

"그보다 우리 셀카 찍어야지. 인증 숏!"

이날, 유미는 어딜 가도 인증 숏을 찍었다. 유경에게도 무조건 같이 찍어야 한다고 난리였다.

유경은 평소 셀카를 잘 찍지 않았다. 처음엔 거절했지만 유미가 찍은 자신의 모습을 보고는 만족했다. 유미는 카메라 앱을 썼다. 그 앱으로 찍은 유경의 모습은 평소보다 훨씬 예뻐 보였다. 유경은 유미가 쓰는 카메라 앱을 자신의 핸드폰에도 깔았다. 앞으로 이 앱으로 자주 사진을 찍어 엄마에게 보내야겠다고 생각했다.

유경은 유미와 헤어지자 불안해졌다. 역시 돈을 너무 많이 썼다고 아빠에게 혼날 것 같았다. 유경은 약간 긴장해 집에 도착했다. 현관문 비밀번호를 누르고 집 안에 들어갔다. 아빠는 현관문까지 나와 있었다.

"윤유경, 너 대체 얼마를 쓴 거야!"

아빠가 바로 화를 냈다.

"자, 잘못했어!"

유경은 당황해서 말했다.

"머리하는 게 이렇게 비쌀 줄 몰랐어!"

그런데 아빠가 갑자기 아무 말도 안 했다. 놀란 표정으로 유경을 바라보다가 한 손에 핸드폰을 들며 말했다.

"딸."

"으, 응?"

"사진 좀 찍자."

"뭐? 뭐?"

어리둥절해하는 유경에게 아빠가 핸드폰을 들이댔다.

"머리 너무 잘했다! 우리 딸 최고로 예쁘다! 사진 찍어서 영희한테 보내주자! 네 엄마한테도!"

영희도, 캐나다의 엄마와 새아빠도 모두 유경의 사진을 보고 칭찬이 자자했다. 친구를 잘 사귄 것 같다고, 그 친구랑 친하게 지내라고 성화였다.

유경은 모두의 반응에 안심했다. 역시 유미와 친하게 지내야겠다고, 그래서 자신의 레벨을 올리고 유지해야겠다고, 그게 제대로 된 서울 중학생이 되는 길이라고 생각했다.

9

"경! 여기야!"

"미! 오래 기다렸어?"

유미는 아파트 입구에서 나오는 유경을 보며 활짝 웃었다. 드디어 레벨이 맞는 친구가 생겼다.

유경은 정원과 달랐다. 나리가 괴롭히자 보란 듯이 달라졌다. 겉모습에 신경을 쓰기 시작했다. 유미에게도 도움을 청했다.

유미는 유경이 마음에 들었다. 유경의 머리끝부터 발끝까지 인형놀이 하듯 자신이 원하는 스타일로 바꿨다. 변한 유경은 상당히 괜찮았다. 데리고 다닐 만했다. 게다가 인심이 후해서 늘 알아서 지갑을 열었다. 과연 명품을 들고 다니는 사람은 달랐다.

이제 유미에게 부족한 건 남자친구밖에 없었다.

상대는 이미 점찍어뒀다. 중학교에 들어오자마자 외모로 단번에 전교생의 시선을 끈 채준. 뭘 해도 1등이라 학생은 물론, 선생님의 마음까지 사로잡은 채준.

유미는 채준과 사귀고 싶어 안달이 났다. 하지만 1학년 때는 채준과 다른 반이라서 친해질 기회가 없었다. 유미는 다른 사람이 채준에게 눈독을 들이는 것을 방지하기 위해 헛소문을 퍼뜨렸다. 유미가 채준과 소꿉친구고, 곧 사귈 거라는 이야기였다. 아이들은 쉽게 그 이야기를 믿었다.

2학년이 되어 기회가 생겼다. 채준과 같은 반이 됐다. 채준과 유미는 학급 임원에 나란히 뽑혔다. 유미는 이걸 기회로 삼았다. 채준과 친해져 고백할 셈이었다.

문제는 채준이 좀처럼 다가갈 틈을 주지 않는다는 사실이다. 채준은 늘 아이들에게 둘러싸여 있었다. 그중 누구 한 명을 특별하게 대하는 법이 없었다. 유미는 그래도 괜찮다고 생각했다. 어차피 시간은 많으니까.

일 년간, 둘은 계속해서 나란히 학급 임원이 될 거니까.

10

날이 갈수록 유경은 유미와 비슷해졌다. 나리도 더는 유경을 보고 코를 쥐는 흉내를 내거나 촌스럽다고 입 모양으로 놀리지 않았다. 오히려 유미한테 하듯 유경의 눈치를 봤다.

유경은 그런 나리를 무시했다. 예전엔 그런 행동을 할 때 양심의 가책을 느꼈지만 이젠 달랐다.

나리와는 레벨이 다르니까 무시해도 된다고, 유경은 정말 그렇게 생각하고 있었다.

11

"딸, 헬프! 플리즈."

어느 날 아빠가 학교에 가려는 유경을 불러 세웠다. 아빠의 얼굴이 평소보다 해쓱했다.

"나 뭐 줄 거 없음? 아빠 소재가 없음. 밤 새웠는데 콘티가 1도 안 나옴."

유경은 당황했다.

요즘 유경은 핸드폰을 들었다 하면 SNS에 접속했다. 유미를 비롯한 다른 친구들과 끊임없이 메시지를 주고받았다. 대화를 하지 않을 때면 유튜브에 접속했다. 새로운 유행이나 아이돌의 가십 등을 놓치지 않으려 노력했다.

자연스레 글은 쓰지 않게 되었다.

"아…… 어, 없음."

"정말 없음? 한 글자도 없음?"

"나, 나도 바빴거든! 친구 사귀느라!"

당황하니 이상하게 짜증이 났다.

"아빠 일은 아빠가 좀 알아서 해! 그것도 못하냐? 무슨 프로 작가가 그러냐?"

아빠가 유경의 말에 황당한 표정을 지었다. 유경은 그런 아빠의 얼굴을 보고 더 당황해서는 더 소리 질렀다.

"그러다 영희 언니한테 차인다!"

유경은 바로 집을 뛰쳐나갔다. 가슴이 쉴 새 없이 두근거렸다. 복도에 서서 엘리베이터를 기다리며 생각했다.

'왜 이렇게 짜증이 나지?'

엘리베이터가 왔다. 유경은 엘리베이터에 올라타 P층 버튼을 눌렀다. 엘리베이터 문이 닫혔다. 사방이 금색으로 뒤덮인 엘리베이터 문에 유경의 모습이 비쳤다.

앞머리엔 헤어롤을 말고 입술을 도톰하게 칠한 여자아이

가 있었다. 파우더를 덧발라서 뽀얀 피부가 강조됐다. 최신 유행하는 원피스와 유명 브랜드의 신발이 잘 어울렸다.

흔한 중학생이었다.

어디에나 있는, 길을 가다보면 마주칠 수 있는, 글 같은 걸 결코 쓰지 않을 법한 그런 중학생이 유경을 가만히 마주 보고 있었다.

무척, 낯설었다.

인터미션

내일의 민

2005년, 졸업을 앞둔 민은 취직 걱정으로 매일 잠을 이룰 수 없었다. 문창과. 글쓰기 특기로 어떻게 대학에 들어오기는 했지만 막상 졸업이 눈앞으로 닥치자 막막했다. 당연히 소설 은 뒷전이 된 지 오래였다.

졸업하고도 직장을 구하지 못하자 민은 더욱 심란해졌다. 이런 민에게 미라는 마음을 편하게 먹고 소설 집필에 전념하 라고 했지만 귀에 들릴 리 없었다.

애초에 소설을 쓰게 된 계기가 미라의 관심을 끌기 위해 서였다. 미라와 사귄 지 벌써 육 년, 더는 민이 미라의 관심을 끌기 위해 노력할 필요가 없었다.

반년간의 취업활동 끝에 민은 가까스로 어느 의학신문사 에 취직했다. 일주일에 한 번씩 신문을 내는 곳이었다. 마감

전날이면 모든 직원이 밤을 새웠다. 그런 민에게 소설을 쓰는 건 사치나 다름없었다.

그러던 중 미라가 임신을 했다. 민은 여전히 회사 일에 치이고 있었다. 이직은 꿈도 꿀 수 없었다. 이런 상황에서 민은 결혼을 하고 아이를 낳는 게 부담스러웠다. 하지만 낙태는 또 싫었다. 의학신문사에서 일하다보니 그 수술이 얼마나 여성의 몸에 무리가 가는지 잘 알았기에 거부감이 컸다.

망설이는 사이 시간만 흘렀다. 이런 민에게 미라는 말했다.

"우리 아이 이름은 유경으로 하자. 『유리가면』 주인공 이름을 따서 윤유경."

"미라야, 나……."

"연재 재개래."

미라가 민의 말을 끊으며 말했다.

"미우치 센세가 이번에야말로 진짜 『유리가면』 완결을 낼 거래."

"그게 정말이야?"

미라가 고개를 크게 끄덕였다.

"이건 신의 계시, 아니 미우치 센세의 계시구나!"

민이 미라의 손을 꽉 잡았다.

"우리 아이는 『유리가면』의 화신인 거야! 남자애가 태어나면 용식, 여자애가 태어나면 유경이다!"

"용식은 너무 촌스러운 거 같네. 여자애가 태어나길 바라야겠다."

그렇게 유경이 태어났다. 2008년 12월의 일이었다.

3막

．
．
．
．
．
．
．
．

불꽃의 계단

12

4월 1일, 반장 선거일이 돌아왔다. 유미는 이번에도 자신이 학급 임원이 될 거라고 믿어 의심치 않았다. 그런데 이변이 일어났다. 반장은 3월과 마찬가지로 정채준이었지만 부반장은 이지민이 됐다.

지민은 유미만큼 눈에 띄는 외모는 아니다. 늘 조용하고 쉬는 시간이면 혼자 공부를 한다. 방과 후엔 학원도 몇 개씩 다니느라 바쁘다. 그런 지민이 유미를 이겼다. 득표수가 10표 이상 차이가 났다.

지민이 부반장이 된 날 점심시간, 유미는 유경을 비롯한 자기 그룹 아이들에게 작게 속삭였다.

"경, 독서가 취미인 사람, 어떻게 생각해?"

"좋은 취미 같아."

유경은 즉답했다. 최근에는 촌티를 빼느라 자주 하지 못했지만 유경은 책 읽는 걸 좋아했다. 이런 취미를 갖게 된 것 역시 아빠 덕이다.

"웹툰을 그리려면 자료조사를 많이 해야 해. 아빠는 소재가 한약이라서 인터넷으로 찾는 건 한계가 있대. 그래서 에피소드를 구상하느라 자주 서점이나 도서관에 가셔."

유경의 이야기를 끝까지 들은 유미의 표정이 굳었다. 유미는 눈을 한참 좌우로 굴린 후 유경을 똑바로 노려보았다. 부담스러울 정도로 눈에 힘을 준 탓에 눈동자 위아래로 흰자가 보일 정도였다.

"경이 아빠는 어른이니까 그렇겠지. 경이 너도 아빠에게 좋은 소재를 전하려고 가는 거지 뭐, 막 독서에 빠질 정도는 아니잖아? 중학생이 그렇게까지 열심히 책 읽을 일이 뭐가 있겠어? 안 그래?"

유경은 자신이 대답을 잘못했다는 사실을 깨달았다.

"그럼, 그럼."

유경은 급히 말을 바꿨다.

"내가 아빠도 아니고, 설마 그럴 리 없잖아. 독서는 촌스럽지."

"그렇지? 경이 그럴 리가 없지?"

"책 읽는 거 촌스러워."

"그럼, 최악이지."

나리와 정원도 재빨리 유미 편을 들었다.

유미의 표정이 다시 평소로 돌아왔다.

"그거 알아? 지민이가 그렇게 책을 많이 읽더라. 전에 보니까 쉬는 시간마다 계속 책 읽는 거 있지? 그런 촌스러운 애가 대체 어떻게 학급 임원을 한다는 건지 모르겠어. 게다가 걔 빌라 살잖아, 그것도 월세."

유미는 지민을 험담하기 시작했다. 처음부터 헐뜯고 싶어 독서 이야기를 꺼냈던 모양이다.

5교시 수업을 알리는 종이 울리고 나서야 유미는 험담을 멈췄다.

유경은 가까스로 자기 자리로 돌아올 수 있었다. 유경은 수업 준비를 하며 안도의 한숨을 쉬었다. 최근 들어 유경은 나리나 정원처럼 유미의 눈치를 봤다. 만에 하나 성미를 거스르면 어쩌나 매사에 쩔쩔맸다.

언젠가부터 어딜 가든 유경이 모든 돈을 냈다. 유미는 당연하다는 듯 유경에게 계산하라고 시켰다. 금액이 그렇게 크지는 않았지만 뭔가 잘못되었다는 기분이 들었다. 하지만 정확히 뭐가 문제인지 알 수 없었다.

유경은 우연히 지민과 눈이 마주쳤다. 지민은 양손에 책을 들고 있었다. 그 상태 그대로 유경을 빤히 바라보더니 고개를 돌렸다. 그리고 책을 접어 서랍에 넣었다. 아마도 수업이 시작되니 읽던 책을 접은 것이리라. 하지만 유경은 그 행동이 전혀 다르게 보였다. 지민이 자신에 대해 욕을 하는 걸 듣고 책을 숨긴 것만 같았다.

13

이날도 유경은 유미 그룹과 다 함께 하교했다.

집에 가는 내내 유미는 지민의 욕을 했다.

"지민이를 부반장으로 뽑은 애들은 정말 이해가 안 돼. 걔 1학년 때 은따였던 거 기억도 안 나나?"

"그러니까. 지민이 때문에 나도 은따 될 뻔했잖아. 유미 너 아니었음 난 계속 따였잖아. 정말 어이가 없다니까."

유미와 나리 대 지민의 악연은 1학년 때 시작된 모양이다. 지민이가 은따까지 당했었다니, 유경은 마음이 편치 않았다.

"저기 있잖아, 아까 지민이가 우리 말을 들은 것 같아. 어쩌지?"

"들으라고 한 거야."

유미가 코웃음을 쳤다.

"자기 주제를 알라는 뜻이라고. 빌거 주제에 무슨 학급 임원이냐고."

"유미, 유미, 걔 200충 아닐까?"

"노노, 100충일 듯."

"그럼 100충."

유미와 나리는 헤어질 때까지 계속 지민에 대해 험담했다. 평소의 유경이라면 유미의 눈치를 보느라 열심히 맞장구쳤겠지만 이날은 달랐다. 지민의 표정이 자꾸만 떠올랐다. 상처를 줬을까봐 미안했다. 지민이 화를 낼까 두렵기도 했다. 그렇다고 지민에게 따로 말을 거는 일은 상상도 할 수 없었다.

유미는 지민을 무시했다. 빌거는 빌라거지를 줄인 말이었다. 100충, 200충은 아빠의 월급이 백만 원, 이백만 원이라는 이야기였다. 유미는 나리와 신이 나서 계속 지민을 힐뜯었다.

유경이 그런 지민에게 말을 걸면 유미는 유경까지 무시할 게 뻔했다. 레벨이 떨어졌다며 나리를 대하듯 할 수도 있었다.

최근 유경은 나리가 바로 말로만 듣던 은따를 당하고 있다는 걸 깨달았다. 투명 인간 같은 존재, 대놓고 무시하는 대상. 유경은 그렇게 되고 싶지 않았다.

14

집에 돌아온 후로도 유경은 계속 낮의 일을 생각했다. 생각을 거듭했더니 이젠 상상 속의 지민이 유경에게 말하기 시작했다.

'그 순간을 무마하려고 거짓말한 거지?'

'사실 너도 독서를 좋아하잖아.'

'넌 용기가 없어서 자신을 부정했어.'

'결국 넌 유미와 같은 레벨이야.'

실제로 지민은 이런 말을 한 적이 없다. 그런데도 유경은 정말 지민이 그런 말을 한 것 같은 기분을 느꼈다. 그중에서도 가장 싫은 표현은 '유미와 같은 레벨'이라는 말이었다.

유경은 유미와 같은 레벨이 되려고 안간힘을 썼다. 촌스럽게 보이지 않으려고 고급 브랜드의 옷을 입고, 험담을 하면 맞장구를 치고, 유미가 뭔가를 사라고 하면 다 사 줬다. 그런데 왜, 유미와 같은 레벨이라는 말이 이렇게 불편한 걸까.

무언가 잘못됐다. 대체 어디서부터 뭐가 어떻게 잘못된 거지.

생각을 정리할 필요가 있었다.

유경은 핸드폰을 손에 들고 글을 적기 시작했다.

유미는 예쁘다. 반에서 가장 눈에 띈다. 허리까지 내려오는 머리카락은 빛을 받으면 밤바다의 파도처럼 흰빛을 보인다. 투명하고도 빼어난 아름다움이다.

처음엔 유미라는 이름을 적었지만, 실명을 쓰자 왠지 뒷말을 하는 기분이 들어 거북했다.

유경은 주어를 대명사로 바꿔보았다.

하지만 그녀의 마음에는 빛이 없다. 그녀의 마음은 밤바다를 닮

앉다. 어둡고 짙다. 깊이를 알 수 없는 마음속에 무엇이 있을지 짐작이 가지 않는다.

내가 처음 혜리의 마음속 어둠을 깨달은 순간은 그녀가 우리 집이 몇 층이냐고 물었을 때다.

유경은 유미 대신 '그녀'라고 지칭하다가 후엔 '혜리'라는 이름을 썼다. 최근 본 소설 속 주인공의 이름을 흉내 낸 것이었다. 그러자 글이 쏟아져 나왔다. 얼마 안 가 핸드폰에 글자를 입력하는 속도가 생각을 따라잡지 못할 지경에 이르렀다. 유경은 노트와 펜을 찾아 정식으로 글을 적기 시작했다.

유미가 처음 유경에게 말을 시켰을 때의 기쁨, 함께 등하교를 하기 시작하면서 느낀 찝찝한 기분, 주변 친구들에 대해 험담할 때의 실망에 이어 아무렇지 않게 나리를 따돌린 일. 나중에는 자신에게 늘 돈을 내라고 하는 상황까지 있는 그대로 적었다. 그렇게 적은 글은 지민과 눈을 마주친 순간에서 절정에 도달했다. 하지만 마지막 부분은 사실과 달랐다.

재이와 눈이 마주쳤다. 고작 몇 초에 불과할 정도였다. 하지만 나는 재이가 무언가 눈치챘다는 강한 확신이 들었다.

재이가 자리에서 일어나 나에게 다가왔다.

"마음이 편해?"

내 생각이 맞았다.

"자기 자신을 부정하는 게 좋아? 계속 그렇게 혜리의 지갑으로 살 거야?"

재이는 내 대답을 기다리지 않았다. 불쌍하다는 듯 나를 가만히 보다가 자기 자리로 돌아갔다. 서랍에서 두꺼운 책 한 권을 꺼내 보기 시작했다.

내 시선은 저절로 재이가 보는 책의 제목으로 향했다.

도스토옙스키의 『죄와 벌』이었다.

"다 썼다."

사실과 다른 결론이었지만 적고 나니 끝났다는 기분이 들었다.

손끝이 저릿했다.

가슴이 미친 듯이 뛰었다.

머릿속이 시원했다.

처음 유경이 이 글을 적기 시작한 건 유미와 같은 레벨이라는 말이 왜 불쾌한가, 그 이유를 알기 위한 것이었다. 하지만 글을 완성하고 나자 그 의문은 어디론가 완전히 사라졌다. 그보다 궁금한 건 자신이 쓴 이야기가 타인에게 어떻게 보이는가였다.

15

유경은 자신이 적은 노트를 들고 방을 나갔다. 아빠에게 보여주기 위해서였다.

지난번 아빠에게 막말을 한 후 서먹서먹해졌다. 이후 아빠와 제대로 된 대화를 한 적이 없었다. 하지만 글을 쓰고 나자 유경은 아빠부터 생각났다.

아빠는 부엌, 전기레인지 앞에 서 있었다. 유경은 머뭇거리며 아빠에게 다가갔다.

"왜? 우리 딸?"

볶음밥을 만들던 아빠가 유경에게 힘없는 미소를 지어 보였다.

"이거, 시간 날 때 읽어줄래?"

"이번엔 뭘 썼을까?"

아빠는 프라이팬을 전기레인지에 올렸다. 한 손으로 불을 켜며 손에 든 유경의 노트에 집중했다. 처음 아빠는 부드럽게 웃고 있었다. 그런데 유경이 쓴 글을 읽을수록 표정이 진지해지더니 볶음밥은 뒷전이 되어버렸다. 밥이 다 타게 생겼다.

유경은 다급히 전기레인지의 불을 껐다. 아빠는 유경이 불을 끈지도 모르고 노트에 집중했다.

10분이 지났다. 그제야 아빠가 정신을 차렸다. 노트에서 시선을 떼더니 소리쳤다.

"내 볶음밥!"

"불 껐거든."

"아, 다행 다행."

아빠는 안심했다. 노트를 잡고 식탁 의자에 앉더니 처음부터 끝까지 다시 읽은 후 말했다.

"이거, 소설이지?"

유경은 당황했다. 아이들의 이름을 이니셜로 적고 마지막 결론을 바꾸긴 했지만 실제로 겪은 이야기다. 뭣보다 유경은 지금껏 한 번도 소설을 쓴 적이 없다. 그런데 왜 아빠는 이게 소설이냐고 묻는 걸까.

"책을 읽는다고 뒷말을 하다니, 자기 마음에 안 든다고 친구를 따돌리다니, 게다가 무조건 돈을 내라고 하다니, 헤리 같은 애가 네 주변에 있을 리 없지?"

유경은 아빠가 전하는 속뜻을 눈치챘다. 아빠는 이 글이 그려낸 현실이 믿기지 않는 것이다. 유경이 이런 일을 겪었을까봐 염려하는 거다. 유경은 한참을 고민하다가 가까스로 입을 열었다.

"응, 소설이야."

유경은 아빠를 걱정시키고 싶지 않았다.

"그런 애가 실제로 존재할 리가 없잖아. 물론 소설이지."

"다행이다. 설마 그럴 리 없지."

아빠는 진심으로 안심한 표정을 지었다. 그랬다가 문득 깨달았다는 듯 말했다.

"그렇다면 이건 유경이의 첫 작품이네! 이야, 대단한데! 중학교 2학년에 첫 소설을 썼다고?"

"대단한 거야?"

"그럼! 아빠는 그 나이 때 소설은 상상도 못 했어!"

아빠는 유경이 소설을 썼다는 사실이 무척 기쁜 모양인지 바로 전화기를 들었다. 영희에게 영상통화를 걸어 유경의 자랑을 한참 했다.

"무서운 아이!"

그러자 영희도 흥분했다.

"우리 유경이는 천재구나! 세상에 중2에 소설을 썼다고?"

영희가 말하는 '무서운 아이'의 뜻이 정확히 뭔지 알 수는 없었지만, 칭찬 같았다.

16

결과적으로 유경은 하루에 두 번이나 거짓말을 했다. 유미에 이어 아빠까지, 두 번 다 상대가 그 거짓말을 듣고 싶어 한다는 걸 알았기 때문이다.

생각해보면 유경은 어렸을 때부터 자주 눈치를 봤다.

유경이 기억하는, 최초로 눈치를 본 경험은 여섯 살 때다. 어느 날 유치원을 다녀온 유경이 엄마에게 물었다.

"엄마랑 아빠는 이혼했어?"

당시 유경은 '질문병'에 걸려 있었다. 유경은 진심으로 궁금해서 물었지만 엄마는 상당히 놀란 모양인지 대답 대신 목소리를 높였다.

"누가 그런 소릴 해?"

유경은 놀라서 바로 대답하지 못했다.

"누구냐고! 누가 그런 소릴 했냐고!"

"가, 같은 반 친구가."

"친구 누구!"

유경은 엄마의 말에 울음을 터뜨렸다. 당황한 엄마는 유경에게 울음을 그치라고 말하는 한편 유치원에 전화를 걸어서 목소리를 높여 따졌다.

"유경아, 잘 들어."

엄마는 전화를 끊은 후 말했다.

"아빠랑 엄마는 이혼했어. 하지만 그건 결코 나쁜 게 아니야. 알았지? 당당하게 다녀. 넌 아무것도 잘못한 게 없어. 넌 내가 세상에서 가장 사랑하는 사람이야."

유경은 엄마의 말에 고개를 끄덕여 대답했다.

하지만 속으로는 이렇게 생각했다.

'아빠와 엄마가 이혼한 건 나쁜 게 아니다. 하지만 엄마에게 이혼했느냐고 물은 건 잘못이다. 내가 엄마에게 잘못된 질문을 해서 엄마가 화를 낸 거다. 이상한 질문을 하면 안 된다. 그러면 엄마가 화를 내니까. 미움을 받으니까. 그랬다간 엄마도 아빠처럼 날 떠날 테니까.'

이후 유경은 엄마에게 질문을 하기 전 눈치를 봤다. 그 결과 엄마가 화를 낼 때엔 어떤 기색이 있다는 걸 눈치챘다.

엄마는 화를 내기 전 살짝 목소리 톤이 높아진다. "누가 그래?" "어디서 그런 소릴 들었어!" "정말 그렇게 생각해?" 같은 말을 덧붙인다. 그러면 유경은 자신이 잘못했다는 사실을 금세 깨닫고는 재빠르게 표정을 바꿨다. "아냐, 내가 뭔가 착각한 것 같아."라고 대답해 그 순간을 모면했다. 그러면 엄마는 안심하는 표정을 지었다. 누그러진 얼굴로 웃었다.

유경은 엄마의 웃는 얼굴이 좋았다. 다른 사람들에게도 역시 웃는 얼굴을 보이는 게 좋았기에 자연스레 사람들의 눈치를 봤다.

그게 옳다고 생각했다.

……하지만 정말 옳았을까.

옳은 쪽이 아니라, 편한 쪽을 선택한 건 아니었을까.

유경은 오래전 친구와 싸운 이야기가 「약사×약사」의 에피소드 '이심전심 역지사지'에 쓰인 경험을 새삼 떠올렸다. 아빠는 유경이 친구와 싸운 일을 응용해 '이심전심 역지사지'에 썼다.

윤 약사가 새로 온 약사 준과 마음이 안 맞아 서로 말도 안 하는 사이가 된다. 윤 약사는 경이 찾은 '이심전심' 약을 먹고 준의 마음을 이해하다 못해 스토킹한다. 준은 기겁해서 윤 약사를 피해 도망치다가 기절한다. 경은 준에게도 급히 약을 먹인다. 그러자 준 역시 윤 약사를 스토킹을 한다. 서로를 스토킹하는 둘 탓에 한바탕 소동이 일어난다. 약효가 가라앉고 나서야 둘은 겸연쩍어하며 화해한다.

이 에피소드를 본 유경은 아빠가 하고 싶은 말을 알 것 같았다. 친구의 입장에서 다시 싸움을 생각해보라는 뜻이었다.

유경은 다시 노트를 폈다. 친구의 입장에서 싸운 일을 떠올리며 글을 적었다. 그러자 친구가 얼마나 억울한 기분이 들었을지 깨달았다. 유경은 미안해졌다. 다음 날, 바로 친구를 찾아 자신이 적은 글을 보여주며 사과했다. 둘은 화해하고 다시 관계를 회복할 수 있었다.

과거를 떠올리자 유경은 지금 자신이 해야 할 일을 깨달았다.

'상황을 타인의 관점으로 다시 보자.'

유경은 자신이 쓴 글을 처음부터 다시 읽었다. 처음엔 유미의 마음으로, 다음은 나리와 정원, 마지막은 지민의 마음으로 본 후 다시 자신의 마음으로 돌아왔다. 그러자 유경은 알 것 같았다. 지금 이 상황이 왜 불편했는지, 그리고 그런 상황을 해결하기 위해 어떤 행동을 취해야 할지. 유경은 깨달은 것을 빠르게 적었다.

나를 되찾기.
더는 유미의 눈치를 보지 말 것.
내가 좋아하는 일에 집중하기.

유경은 촌스러워 보이지 않으려고 노력하느라 지나치게 유미와 친해졌다. 언젠가부터 유경에게 가장 중요한 건 유미의 눈치를 보는 일이 됐다. 그러자 자기 자신에게 소홀해졌다. 자신감을 잃고 전전긍긍했다. 그렇다면 가장 먼저 해야 할 일은 유미와 거리를 두는 것이었다. 하지만 유경은 유미와 거리를 둔다는 상상만으로도 두려워졌다. 거리를 두는 순간, 유미가 다른 아이들에게 뒷말을 하고 다닐 것 같았다.

그래도 용기를 내야 한다. 그러지 않으면 아무것도 바뀌지 않으니까.

　유경은 심호흡을 크게 했다. 방금 전 자신이 적은 메모를 되풀이해 속으로 중얼거린 후 유미에게 메시지를 보냈다.

> 미안. 당분간 등하교 같이 못 할 듯.

　메시지를 보내자마자 유경은 불안해졌다. 이렇게만 적으면 유미가 안 된다고 할 것 같아 급히 한 줄 덧붙였다.

> 아빠 일이 바빠져서 내가 많이 도와야 함. ㅠ

　오늘의 세 번째 거짓말이었다. 유경은 이 메시지를 보내자마자 후회했다. 보낸 메시지를 취소할까 했지만 유미가 빨랐다. 바로 메시지를 확인했다. 그러더니 답을 보냈다.

> ㅇㅇ ㅇㅋ

　유미의 단답에 유경은 안심했다.
　하지만 얼마 지나지 않아 불안해졌다. 유미가 다른 친구들, 특히 나리와 함께 자신을 험담하는 모습이 그려졌다. 유경은 당장 다시 함께 등하교를 하자고 메시지를 보내고 싶었다.

이런 충동을 막아준 것은 방금 전 쓴 메모였다. 유경은 다시 한번 메모를 들여다봤다.

나를 되찾기.
더는 유미의 눈치를 보지 말 것.
내가 좋아하는 일에 집중하기.

이 메모는 생각보다 효과가 컸다. 유경은 다시 유미에게 메시지를 보내는 손을 막을 수 있었다.

17

"많이 컸다, 삼김."

유경의 메시지를 본 유미는 어이가 없어 웃었다. 마음 같아서는 바로 짜증을 내고 싶었다. 어디 감히 삼김 주제에 이런 말을 하느냐고 하고 싶었으나 연달아 보내온 문자를 보고 참았다.

유경이 유미에게 같이 등하교를 못 한다고 한 이유는 어디까지나 아빠 때문이었다. 유경의 아빠라면 유명인이다. 유명인을 돕는다는 건, 유경이 아빠만큼의 유명인이 된다는 뜻이다. 그런 유경과 친하게 지내면, 유미 역시 자연스레 셀럽이 된다.

유미는 이 상황이 마음에 들었다. 유경에게 단답을 보낸 후 바로 나누었던 대화를 스크린숏으로 저장했다. 그러고는 셀카 사진과 함께 SNS 스토리로 올렸다.

친구가 유명인 될 듯.
나도 웹툰 에피소드 실어주면 같이 유명인? ㅋㅋ

바로 '좋아요'가 잔뜩 눌렸다. DM도 왔다.
유미는 일일이 확인하며 기분 좋게 웃었다. 역시 유경은 쓸모가 있다. 앞으로도 친하게 지내야 한다.
일단, 참아주겠어.

18

다음 날 유경은 오랜만에 혼자 등교했다.

역시 혼자 걷는 건 좋았다. 평소 유미 엄마 차를 타고 다니
느라 볼 수 없었던 것들을 새로운 각도로 접할 수 있었다. 쓰
고 싶은 이야기가 절로 머릿속에 둥둥 떠올랐다.

하지만 막상 교문 앞에 서자 불안해졌다. 학교에 가면 유
미를 만난다. 유미가 유경을 노려보거나 비웃기라도 하면 어
쩌나 상상만으로 유경은 진땀이 났다. 유경이 학교에 들어가
지 못하고 교문 앞에서 서성이고 있을 때, 등 뒤에서 낯익은
목소리가 났다.

"경!"

유미다.

유미가 엄마의 차에서 내린다. 활짝 웃으며 유경에게 다
가온다. 한 걸음, 한 걸음 걸을 때마다 검고 긴 머리카락이 찰
랑거린다. 유미의 투명한 피부가, 뚜렷한 이목구비와 도톰한
입술이 반짝거린다.

지나가던 사람들이 그런 유미의 모습에 잠시 멈춰 섰다.

평소의 유경이라면 다른 사람들처럼 감탄하며 유미를 바라봤으리라.

이날은 달랐다. 유경은 자신이 글 속에 묘사한 유미의 모습을 떠올리자 온몸에 소름이 돋았다. 유미의 표정이 갑자기 바뀔까 두려웠다. 순식간에 험악한 표정을 짓거나 유경을 무시할 것 같았다. 그도 아니면 막말을 퍼부을 것 같았다.

"안녕?"

유미가 유경과 마주 보고 섰다.

"아, 안녕."

"경, 넌 정말 대단한 것 같아. 그럼 이제 막, 경 네 이름 웹툰 작가로 나오는 거?"

"아, 아니 그, 그렇게 대단한 건 아니고 그냥 아빠가 시키는 심부름 정도 하는 거야."

"도서관 가고, 서점 가고, 그런 거?"

"뭐, 그렇지?"

"대단하다, 정말."

유미는 평소와 같았다. 예전 나리가 따돌림 당할 때처럼 유경을 투명 인간 취급할 기색은 전혀 없었다. 오히려 유경을 더 인정하는 분위기였다.

그럴수록 유경은 유미가 두려워질 뿐이었다. 만에 하나 아빠 웹툰 탓이 아니라 단순히 유미와 거리를 두고 싶어서 거짓말을 한 게 밝혀진다면 유미가 어떤 행동을 할지, 유경은 상상조차 되지 않았다.

아니.

정확히 말하자면, 하고 싶지 않았다.

내일의 민

  2010년에 들어서면서 주요 일간지마저 발매 부수가 대폭 줄어들었다. 민이 다니는 의학신문 역시 그런 경향을 피해갈 수 없었다. 그 대신 인터넷 웹사이트 업무가 대폭 늘어나면서 야근이 예전보다 잦아졌다. 미라가 혼자 유경을 돌봐야 하는 일도 그만큼 늘어났다. 결국 미라는 지쳤다.

  "자기가 일 그만두면 어떨까. 내가 버는 돈으로 충분히 살 수 있잖아, 우리."

  "너 지금 나보다 많이 번다고 유세냐?"

  "그게 아니잖아. 당신이랑 나, 둘 중 휴직을 한다면 당신이 하는 게 낫지 않을까 해서 말하는 거잖아. 뭣보다 당신 꿈은 소설가잖아. 이 기회에 유경이 보면서 글쓰기에 전념하면……."

"누구 맘대로!"

민은 진심으로 화를 냈다.

"누구 맘대로 내 꿈이 소설가래! 내 꿈은, 내 꿈은!"

……뭐지.

민은 말문이 막혔다. 미라는 아무 말 없이 그런 민을 바라보았다.

유경이 울음을 터뜨렸다. 미라는 "응, 유경아 왜?" 하고 다정하게 말하며 그 자리를 피했다.

이후 민은 말수가 줄었다.

미라와 대화한 후 깨달은 것이다. 자신은 예전과 달라진 게 전혀 없다는 사실을, 미라의 열정에 반해 미라와 사귀고 부부가 되었지만 여전히 자신은 미라와 달리 꿈도 없고 하고 싶은 일도 없다는 사실을.

민이 입을 다물자 미라 역시 자연스레 말수가 줄었다.

이제 부부 사이의 대화는 거의 사라졌다.

2012년 11월 7일, 미라의 평택 부임이 결정됐다. 민과 미라는 떨어져 지내기로 했다. 민의 회사 일이 무척 바빴기에 함께 이사를 가는 건 불가능했다.

"자기도 같이 평택 가면 어떨까? 그러면 자기 소설 도……."

"나 이제 소설 안 써."

민은 미라의 말을 끊었다. 컴퓨터 모니터로 버락 오바마 가 재선에 성공했다는 기사를 보느라 정신이 없었다.

"절필했어."

"그래, 알았어."

가끔 민은 이날의 일을 떠올리고 후회한다. 버락 오라마 의 재선이 아니라 미라가 어떤 표정을 지으며 알았다고 했는 지 제대로 봤어야 했다고.

그랬다면 2013년, 이혼에 이르지 않았을 거라고.

처음 미라가 홀로 부임했을 때, 민은 일주일에 한 번꼴로 평택에 왔다. 떨어져 지내니 애틋함이 생겨 부부 사이가 잠시 좋아지는 것 같았다. 하지만 좋아진 분위기는 소설 이야기가 나오면 다시 나빠지길 반복했다.

미라는 잊을 만하면 다시 민에게 소설을 쓰라고 했다.

"나 절필했다니까! 이제 소설 같은 거 안 쓴다고!"

"당신은 재능이 있어. 글쓰기를 타고 났다고. 그러지 말고 평택에 와서."

"싫다고 하잖아!"

싸우고 나면 민은 그다음 주엔 평택에 가지 않았다.

이런 일이 세 차례나 반복되고 나자 미라가 지쳤다.

"『유리가면』다시 휴재래."

미라는 말했다.

"결말까지 가기에 힘에 부쳤던 거지. 우리 결혼처럼 성급했던 거야."

민은 고개를 끄덕이는 걸로 공감했다.

지금까지처럼 유경은 미라가 키우기로 했다. 문제는 부부가 보물처럼 여기는 만화 『유리가면』이었다.

"본래 당신 거잖아. 그러니 당신이 가져가는 게 맞지."

"유경이 눈에 안 보이게 하고 싶어."

민의 말에 미라는 말했다.

"유경이는 자기 이름을 『유리가면』에서 따온 거 모르잖아. 이 만화 덕에 자신이 태어났고, 이 만화가 휴재되던 해에 우리가 이혼했다는 사실을 알게 되면 유경이가 상처받을지도 몰라."

이 말에 민이 졌다. 아내의 말대로 민이 『유리가면』을 챙겼다. 만에 하나 유경의 눈에 띄지 않도록 창고에 넣고 꺼내지 않았다.

4막

· · · · · · · ·

바람 속을 걷다

19

유미는 예전처럼 험담을 많이 하지 않았다. 나리를 무시하는 일도 사라졌다. 요즘 유미가 따돌리려 '애쓰는' 상대는 지민이다. 애쓴다는 설명이 붙은 이유는 따돌림이 쉽지 않은 탓이다. 지민은 1학년 때 은따였다는 사실이 믿기지 않을 정도로 통솔력이 좋았다. 시원시원한 성격에 친구도 많았다. 하지만 유미는 그렇게 평가하지 않았다.

"부반장 득표수 13. 그중 지민 쩌리 그룹 9. 나머지 넷은 지민 쩌리를 좋아하는 애들이겠지."

유미가 이런 말을 할 때마다 나리와 정원은 고개를 크게 끄덕여 맞장구쳤다.

나리는 유미가 자신을 무시하지 않자 기가 살았다. 한동안 유미의 눈치를 보느라 얌전하더니 다시 유경에게 시비를 걸기 시작했다.

유경은 신경 쓰지 않았다. 유미와 떨어져 다니자 급격히 자신감을 되찾았다. 요즘 유경의 머릿속은 글 생각뿐이었다. 소설을 완성한 직후 느낀 기분, "해냈다!"는 말이 절로 나오는 경험을 다시 한번 하고 싶었다. 문제는 아무리 글을 써도 그날의 기분을 다시 느낄 수 없다는 사실이었다. 대체 어떻게 하면 다시 그 기분을 느낄 수 있을까. 유경은 아빠에게 조언을 구했다. 자신이 느낀 기분을 설명한 후 어떻게 하면 다시 그런 경험을 할 수 있냐고 묻자, 아빠가 '카타르시스'에 대해 이야기해줬다.

"유경이 가끔 만화나 소설을 보면 엄청나게 재미있다고 느낄 때 있지? 그런 기분을 카타르시스라고 표현한단다. 작가는 글을 쓸 때 그런 기분을 경험하기도 해."

"아빠도 자주 느껴?"

"아니."

아빠는 한숨을 쉬었다.

"도통 못 느껴서 늘 마감에 쫓기지."

이 이야기를 하는 순간에도 아빠는 마감에 쫓기고 있었다.

"그래서 늘 너한테 노트를 보여달라고 조르는 거고."

아빠는 다시 데스크톱 화면에 시선을 고정했다.

유경은 카타르시스를 느끼고 싶다고 생각하면서도 정말 그게 가능할까 싶었다. 아빠의 말대로 카타르시스라는 걸 느끼려면 그때처럼 '소설'을 써야 그나마 가능성이 클 것 같았다. 문제는 대체 그 소설이라는 게 뭔지 잘 모르겠다는 사실이었다.

얼결에 적은 글이었다. 혼란스러운 기분을 정리하기 위해서, 지금 상태에서 앞으로 나아가기 위해서 쓴 글을 소설이라고 인정받았을 뿐이다. 작정하고 소설을 쓰려면 대체 어떻게 해야 할지, 유경은 전혀 짐작할 수 없었다.

그래도 일단 썼다. 쓰는 것 외에 유경이 할 줄 아는 것은 없었으니까. 그러다보면 언젠간 소설을 쓸 수 있으리라는 생각을 하며.

20

이제 유경은 학교에 가는 시간을 제외하고는 거의 하루

종일 글을 썼다. 하지만 카타르시스를 느끼기엔 턱없이 부족한 것 같았다. 아빠는 잠자는 시간도 아껴가며 글을 쓰는데도 자주 느끼지 못한다. 유경도 아빠를 본받기로 마음먹었다. 처음엔 아빠처럼 글을 쓰면서 늦게 자보려고 했다. 아빠랑 나란히 앉아 함께 밤을 새우면 좋을 것 같았다. 유경은 아빠가 기뻐할 줄 알았다. 그런데 아빠는 탐탁지 않아 했다.

"성장기 청소년은 밤을 새우면 키가 안 큰다던데."

"나 지금보다 더 커도 돼?"

유경은 벌써 키가 167센티였다.

"아니 뭐, 말이 그렇다는 거지. 일단 나는 네가 밤을 새우는 게 여러모로 안 좋을 것 같다고 이야기하고 싶다는, 그런 뭐……. 아, 그래! 잠 안 자면 살쪄!"

유경은 아빠의 말을 무시했다. 두 눈이 감기는 걸 참으면서 아빠 옆에 앉아 새벽 2시까지 안 자고 버텼다. 이틀 연속 그렇게 하고 나니 아침에 일어나는 게 너무 힘들어서 사흘째엔 지각할 뻔했다.

주말을 맞아 하루 종일 글을 쓰면서 유경은 마음을 바꿨다. 늦게 자는 건 별로 도움이 안 되는 것 같았다. 아예 일찍 일어나기로 마음먹었다. 일요일 아침엔 실패했다. 그간 늦게 자는 게 버릇이 든 탓이다. 일요일 저녁엔 일찌감치 침대에 누웠다. 하지만 잠이 오지 않아 새벽 2시가 넘어서야 잤다. 결국 유경은 6시 반 알람을 듣지 못했다. 7시에 일어나 학교에 갔더니 계속 졸았다. 심하게 피곤해 이날은 일찍 잤더니, 화요일엔 목표대로 6시 반에 일어나 등교할 수 있었다.

평소보다 일찍 일어나 걷는 등굣길엔 또 다른 느낌이 있었다. 코끝을 스치고 지나가는 바람, 멀리서 들리는 개 짖는 소리, 빵 굽는 냄새, 신호등이 점멸하며 내는 불빛. 유경은 이 모든 게 새롭기만 했다. 학교에 도착하니 교실이 텅 비어 있었다. 덕분에 평소보다 집중이 훨씬 잘됐다. 맘껏 노트에 글을 써도 방해할 사람이 없었다.

2학년 1반 문이 다시 열린 시각은 8시 20분이었다. 2등은 반장 정채준이었다. 유경을 본 채준은 "어?" 하고 말을 내뱉더니 자기 자리에 앉았다. 잠시 유경을 흘깃거린 후 태블릿을 켜고 집중했다.

다음 날, 채준은 8시가 되기 5분 전에 등교했다. 이번엔 자신보다 먼저 온 유경을 보고 놀라지 않았다. 대신 인사를 했다.

"안녕?"

유경은 평택에서 여중을 다녔다. 그 탓인지 남학생을 대하는 게 어색했다. 유경은 소리 내어 인사하는 대신 살짝 고개를 숙였다. 채준은 유경과 마찬가지로 고개를 끄덕여 보인 후 어제처럼 태블릿에 집중하며 가끔 웃거나 안타까운 소리를 냈다. 그때마다 유경은 마음속으로 '너는 지금 카타르시스를 경험 중인 거야.'라고 속으로 말했다.

사흘째 되는 날, 유경이 2학년 1반 교실 문을 열고 안으로 들어가는데 뒤에서 누군가 달려오는 소리가 났다.

"거기 스톱!"

채준이 이를 악물고 전속력으로 복도를 달려오고 있었다. 유경은 채준이 무서웠다. 본능적으로 교실 안에 들어가 문을 닫았다.

쾅!

문에서 큰 소리가 났다. 유경이 놀라 다시 문을 열어보니 채준이 얼굴을 잡고 서 있었다.

"사람이 오는 걸 보면서 문을 닫냐!"

얼굴이 문에 부딪친 모양이었다.

"미, 미안."

"아, 진짜! 너 대체 뭐냐! 왜 갑자기 일찍 등교해서 내 잘

생긴 코를 망치냐고!"

"스스로 잘생겼다고 생각하니?"

"나 안 잘생겼어?"

채준이 어이없다는 표정을 지었다.

그 말에 유경은 처음으로 채준의 얼굴을 똑바로 바라보았다.

눈썹을 살짝 가리는 앞머리, 속 쌍꺼풀이 진 뚜렷한 눈매와 남들보다 조금 크고 또렷한 라인을 그리는 검은 눈동자, 높은 코와 절묘하게 맞아떨어지는 입술까지 확실히 잘생긴 얼굴이었다. 하지만 대놓고 자기가 잘생겼느냐고 묻다니, 웃겼다.

"어쭈?"

채준은 유경의 웃음을 다른 쪽으로 해석한 모양이다. 울컥한 표정을 지었다.

"너, 두고 봐. 내일은 안 진다."

"뭘 안 져?"

"내가 1등 한다고! 등교 1등!"

유경은 어이가 없어 다시 한번 웃었다. 그러자 채준은 더 씩씩거리며 말했다.

"너 안 봐줘. 이제 절대 안 봐줘."

"언제는 봐줘서 2등 했냐?"

"헐, 이 자신감 뭐지?"

"나 바쁘다. 좀 가라."

유경의 말에 채준은 "아우, 저게 진짜." 하고 씩씩거리더니 자기 자리로 돌아갔다.

21

아빠는 영감을 부르기 위해 갖은 짓을 다했다. 예를 들어, 아빠는 자주 바닥에 엎드려 꼼짝도 안 한다. 유경은 처음 이 모습을 목격했을 때 기겁했다. 아빠가 무리한 끝에 쓰러진 줄 알고 놀라 깨웠다. 그랬더니 아빠가 말했다.

"영감이 떠오르길 기다리는 거야."

"그러고 있음 영감이 떠올라?"

"가끔은."

이외에도 아빠는 이상한 행동을 많이 했다. 매일 아침 커

피를 두 잔 끓여 한 잔은 식탁에 두고 한 잔은 자신의 책상 위에 둔다든가, 영희에게 전화를 걸어 아무 말 안 해도 되니 그냥 통화 상태로 놔달라고 애원을 한다든가 등등.

유경은 아빠의 기분을 조금은 알 것 같았다.

다음 날 유경은 평소보다 30분이나 일찍 일어났다. 그런데도 기분이 상쾌하기만 했다. 뭔가 평소와 달랐다. 어쩌면 이게 아빠가 말하는 영감일 수 있었다.

유경은 이 상쾌한 기분을 놓치고 싶지 않았다. 바로 집을 나섰다. 평소보다 일찍 집을 나오니 또 새로웠다. 유경은 아직 어두운 주변이 낯설면서도 신선했다. 두리번거리며 걷다 보니 어느새 육교만 지나면 학교였다. 유경은 육교를 가로지르다가 새삼 그 아래 놓인 벤치에 시선이 갔다.

평택에도 이와 비슷하게 생긴 육교와 벤치가 있었다. 육교 자체가 생태통로로 만들어진 곳으로, 그 끝은 공원으로 이어졌다. 그런 육교 끝 공원의 한 벤치에 어느 날 아기 고양이 네 마리가 나타났다. 각각 검은색, 흰색, 노란색, 그리고 검은색과 갈색이 섞인 얼룩고양이로, 색깔만 봤을 때엔 닮은 점이 전혀 없었다. 길고양이가 새끼를 낳았거나 누군가 유기한 듯했다.

고양이들은 사람들에게 큰 관심을 받았다. 밤이 되면 유경을 비롯한 중고등학생들이 고양이가 좋아할 장난감이며 간식을 들고 왔다.

얼마 안 가 공원 한 구석에 라면 박스로 만든 집이 생겼다. 그리고 얼마 지나지 않아 좀 더 튼튼한 검은색 박스로 지은 집이 두 개 더 늘어났다. 집 앞엔 밥그릇이며 통조림도 놓였다.

유경은 네 마리 고양이 중 얼룩고양이를 특히 좋아했다. 정확히 말하자면 그 고양이가 유경을 마음에 들어 했다. 얼룩고양이는 유경이 공원에 나타나면 당연하다는 듯 다가와 다리에 몸을 비볐다.

유경은 아기 고양이가 사랑스러웠다. 집으로 데려가고 싶어 몇 번이고 고민하다가 엄마에게 말해보았다.

엄마는 단칼에 안 된다고 말했다.

"우리 집엔 낮에 사람이 없잖아. 고양이 혼자 집에 있으면 외롭지 않겠어?"

초등학생 시절, 유경은 자주 집에 혼자 있었다. 엄마가 들어오지 않으면 몇 시간이고 아무 말도 못 할 때도 있었다. 그럴 때면 유경은 글을 썼다. 글을 쓰면 시간이 잘 갔다. 고양이는 글조차 쓰지 못한다. 혼자 있으면 얼마나 외로울까. 갑자기 유경은 늘 혼자 있을 아빠가 염려스러웠다. 바로 서울에 전화를 걸었다.

"아빠는 혼자 있는 게 좋아."

아빠가 다정하게 대답했다.

"혼자 있어야 영감이 잘 떠오르거든."

아빠의 말은 유경이 더욱 열심히 글을 쓰는 계기가 됐다. 그러다 시간이 남으면 아빠가 그린 웹툰을 보거나 책을 읽었다.

'그래, 이걸 쓰자.'

영감이 떠올랐다.

'고양이 이야기를 쓰는 거다. 내 다리에 아무렇지 않게 몸을 비벼온 얼룩고양이와 '나'를 주인공으로 한 이야기를. 외로울 때면 글을 쓰는 '나'의 이야기를.'

지금 떠오른 단상을 이야기로 만들 것을 생각하니 기분이 좋았다. 하늘도 날 수 있을 것 같았다.

22

오늘도 2학년 1반 교실은 어두웠다. 또 유경이 1등인 모양이었다. 유경은 어제 씩씩거리던 채준을 떠올리고는 혼잣말을 했다.

"쌤통이다."

문을 열었다.

"왁!"

유경이 문을 열자마자 채준이 소리를 질렀다.

"내가 이겼다! 내가 이겼다고!"

채준은 신이 나서 떠들어댔다. 춤이라도 출 기세였다.

"혹시, 내가 올 때까지 거기 서 있었냐?"

"그렇다! 33분 기다렸다!"

유경은 어이가 없었다. 상대할 가치도 없다고 생각해 한숨을 길게 내쉰 후 자기 자리로 갔다.

"정채준 선수! 멋지게 윤유경 선수를 추월하는 데 성공! 무려 33분의 차이를 두고 결승선에 골인! 고오올인!"

채준이 그런 유경을 뒤따라오며 말을 걸었다.

유경은 채준을 아랑곳하지 않고 노트를 폈다. 아까 쓰려던 이야기가 완전히 사라지기 전에 잡아야 했다.

"뭐냐, 그거?"

"말하면 아냐?"

"나 반장이거든?"

"반장이면 뭐든 다 아냐?"

"나 1등이거든? 뭘 해도 1등. 몰라?"

"그러게. 유치한 걸로 세계정복. 1등 하겠네."

"윤유경, 너 자꾸 그럼 나 삐친다? 나 삐치는 거 우주 최강인데?"

"알았어, 알았어."

유경이 결국 웃었다.

"그냥 글 쓰는 거야."

"글?"

채준은 잠시 그 말에 조용해지는가 싶었다. 하지만 다음 순간 다시 눈을 동그랗게 뜨더니 말했다.

"아! 너희 아빠 웹툰 작가 윤작가지?"

"아니, 내 글 쓰는 거야."

"아빠 말고, 네 글?"

"응."

"왜 씀?"

"감동을 느끼려고."

"글을 써서 감동을 느낀다고?"

"그러하다."

"글을 봐서 감동을 느끼는 게 아니라?"

"카타르시스 글쓰기라는 거야."

"올."

"백."

"뭐냐? 아재 개그냐?"

"아빠한테 배웠다. 아빠 개그다."

"유치뽕 윤유경."

'아차, 이럴 때가 아니지.'

유경은 즐겁게 채준과 떠들다가 정신을 확 들었다. 서둘러 채준과의 대화를 끝냈다.

"나 이제 글 써야 하니까 가라, 쉭."

유경은 자세를 바꿨다. 집중해서 글을 쓰기 시작했다.

신호등이 새벽의 거리를 깨운다. 빨간불이 멈추라고 신호를 보낸다. 나는 그에 따라 심호흡을 한다. 파란불이 켜진다. 건너라는 신호에 "고마워!" 인사한다. 횡단보도를 건너는 일은 늘 즐겁다. 흰 선을 따라 톡톡 소리 내듯 걷자면 좋은 일이 생길 것만 같다.

유경은 한참 기분 좋게 글을 썼다. 그러다 별생각 없이 고개를 돌렸다가 놀랐다. 채준이 여전히 옆에 서 있었다. 게다가 유경이 노트를 훔쳐보고 있었다.

"가라니까?"

채준은 모른 척 그냥 계속 옆에 서 있었다. 유경은 다시 글을 쓰려다가 결국 노트를 덮고 채준을 올려다보았다.

"정채준, 좀 가라고."

"아, 진짜 치사하게. 알았다고."

채준은 잔뜩 심통이 난 표정으로 자기 자리로 돌아갔다. 그제야 유경은 안심하고 다음 문장을 적기 시작했다.

정말 좋은 일이 생겼다. 육교를 지나는데 낯익은 소리가 났다.

야옹.

일주일 전 만났던 아기 고양이가 벤치 뒤에서 튀어나왔다. 흰색 바탕에 검은색과 갈색의 얼룩이 있는 얼룩고양이다.

나는 이 아기를 집에 데려가고 싶다. 하지만 마음대로 결정할 수는 없다. 누군가를 기른다는 건 내가 그를 책임진다는 것과 같은 말이다. 즉, 나는 이 아기의 엄마가 되어야 하는데, 그럴 자신이 없다.

얼마 전까지만 해도 나는 엄마와 단둘이 살았다. 엄마가 재혼하여 해외로 발령받는 바람에 아빠와 살게 됐다. 나중에 엄마가 입국하면 다시 엄마와 살게 될지도 모른다.

그때, 과연 엄마는 고양이를 데려와도 된다고 허락할까?

"된다고 하지 않을까?"

"아빠는 어떻게 해?"

"아빠가 왜?"

"우리 아빠는 거의 집 밖으로 나가지 않아. 내가 집에 없을 때에도 아빠는 늘 고양이랑 함께 있을 거라고. 그러면 정이 많이 들 텐데, 나중에 엄마랑 같이 산다고 고양이를 데려가면 쓸쓸하지 않겠어?"

"그럼 아빠한테 고양이를 주고 너는 엄마랑 살면 되잖아?"

"내가 쓸쓸해지잖아."

"그럼 계속 아빠랑 같이 살던가."

"하지만 엄마가 원하면⋯⋯."

유경은 무심코 대답하다가 깨달았다.

'나, 지금 누구랑 대화하니?'

"너는 너고, 엄마는 엄마지."

고개를 들어보니 또 채준이었다. 채준은 팔짱을 낀 채 심각한 표정을 짓고 있었다.

"네겐 네가 하고 싶은 대로 해도 되는 자유의지가 있어. 인간의 기본권이지."

"그거 알아, 정채준?"

유경이 노트를 덮었다. 그걸 양손에 들고 천천히 자리에서 일어났다.

"사생활 보호도 인간의 기본 권리다!"

유경은 노트로 채준의 머리를 세게 내리쳤다. 그런데 채준은 반응이 없었다. 잠시 멍청한 표정으로 유경을 바라보다가 천천히 걸어 제자리로 돌아갔다.

유경은 당황했다. 또 티격태격할 줄 알았다. 채준이 짜증을 낸다면 어떻게 반응할까 생각도 했다. 그런데 왜 아무 말도 없는 걸까.

그날, 유경은 하루 종일 채준이 신경 쓰였다. 그러자 알 수 있었다. 채준은 늘 1등을 추구한다는 사실을.

수업 시간, 선생님이 질문을 하면 늘 가장 먼저 손을 드는 건 채준이었다. 급식을 제일 먼저 먹고 벌떡 일어나는 것도 채준이었고, 수업이 모두 끝나면 1등으로 하교하는 것 역시 채준이었다.

유경은 이제 채준에게 1등이 상당히 큰 의미가 있다는 사실을 눈치챘다. 채준이 등교 1등에 실패했을 때 어떤 기분이 들었을까. 어쩌면 그건 유경이 글을 못 쓸 때의 기분과 비슷하지 않았을까.

23

유미는 뒷자리를 좋아한다. 뒷자리에 앉으면 반 전체를 단번에 볼 수 있기 때문이다. 이건 교탁에 서는 선생님이 반 아이들을 한 번에 볼 수 있는 것과 비슷한 기분이리라.

4월 반장 선거에서 지민에게 밀린 후 유미는 최근 들어 더욱 채준에게 집중했다. 이렇게 된 이상, 유미가 자신의 레벨을 더 높이기 위해 할 수 있는 방법은 채준과 사귀는 것밖에 없었다.

유미는 시간이 될 때마다 머릿속으로 시뮬레이션을 돌렸다. 고전적인 방법으로 SNS를 트는 것부터 시작해 정원을 통해 다른 남자아이들을 섞어 미팅을 하는 방법, 과격하게는 나리를 시켜 채준의 물건을 훔치게 한 후 그 물건을 돌려주게 하는 것까지 생각해봤지만 백 퍼센트 성공할 거란 생각이 들지 않았다.

유미는 실패가 싫었다. 뭐든 백 퍼센트 완벽하게 해야 직성이 풀렸다. 그래서 오늘도 유미는 틈만 나면 채준을 비롯한 주변을 가만히 관찰했다.

그럴 때면 유미는 무척 눈을 크게 뜬다. 눈동자가 커지고 거의 깜빡거리지 않는다.

유미의 엄마는 이런 유미를 인형 같다며 좋아했다. 하지만 대부분의 아이들은 이런 유미를 좀 무서워했다. 초등학교 때엔 유미가 이렇게 빤히 바라보는 것만으로 우는 아이들이 있을 정도였다.

유미의 집중력이 깨진 건 잠시 후였다.

'또 쳐다봤어.'

채준이 유경을 흘낏거렸다. 그리고 얼마 지나지 않아 이번엔 유경이 채준을 바라보았다.

많은 여자애들이 채준을 흘낏거린다. 채준은 그런 남자인 것이다. 저도 모르게 시선을 끄는, 곤충으로 따지면 페로몬을 풍기는 남자. 하지만 그동안 채준은 어떤 여자애도 바라보지 않았다. 수업 시간엔 오직 선생님만 바라보았다. 그런 채준이 요즘 들어 자꾸 유경을 흘낏거렸다. 유경 역시 그랬다. 얼마 전까지만 해도 유경은 채준을 쳐다보지도 않았다. 그렇기에 유미는 유경이 마음에 들었다. 그런데 요즘 들어 유경은 가끔 채준을 쳐다보았다. 채준만큼은 아니지만 한 시간에 한 번 정도는 무심코 채준을 바라보았다.

생각해보면 그건 유경이 아빠 일을 돕는다며 등하교를 함께하지 않은 이후였다.

요즘 유경은 등교를 일찍 한다. 채준은 전교생이 모두 아는 1등 등교생이다. 어쩌면 둘이 일찍 등교하며 무슨 일이 일어나고 있는지도 몰랐다.

'확인 사살이 필요하다.'

유미가 눈을 더 크게 떴다. 이번엔 채준이 아니라, 유경을 잡아먹을 듯 가만히 노려보았다.

4막 바람 속을 걷다

24

유경은 주말 내내 채준을 생각했다. 그 탓에 글의 진도가 나가지 않았다. 유경은 카타르시스를 느끼기 위해 새로운 소설을 써야 한다고 생각하면서도 마음처럼 되지 않아 갑갑했다.

평소 글을 맘껏 쓰면 유경은 잠을 푹 잤다. 하지만 주말 연속 글을 못 썼더니 잠이 잘 오지 않았다.

다시 돌아온 월요일, 유경은 거의 밤을 새우다시피 했다. 유경은 핸드폰의 시각을 확인했다. 새벽 5시 30분이었다. 이대로 학교에 가도 된다. 하지만 유경은 그럴 수 없었다. 채준이 걱정된 것이다. 채준에게 1등 등교가 어떤 의미인지 알았으니 조금 늦게 학교에 가기로 마음먹었다.

유경은 금요일에 채준이 등교한 시간을 계산한 후 집을 나섰다. 최대한 천천히 걸었다. 그렇게 학교에 도착해 2학년 1반 문을 열고 들어갔을 때, 유경은 당황했다. 교실에 아무도 없었다. 7시 15분, 채준이 1등을 하고도 남을 시각이다. 그런데 왜 채준이 없을까.

2등 등교는 부반장 이지민이었다. 등교 시간은 8시 25분.

3등, 4등 등교생들이 연달아 들어와도 여전히 채준은 없었다. 결석이었다. 화요일도 마찬가지였다. 채준은 또 결석했다. 수요일에도 채준이 안 나타나자 유경은 염려스러웠다. 어디가 아픈 건지, 아니면 역시 유경의 말에 큰 충격을 받은 건 아닌지 걱정됐다.

목요일이 되자 이제 유경은 아예 채준이 안 나타날 거라고 생각했다.

그런데 이날, 채준이 등교했다. 채준은 1교시 시작 직전 아슬아슬하게 뒷문을 열고 들어왔다. 얼굴이 많이 상해 있었다. 적당히 살집이 있었던 얼굴이 반쪽이 되었다. 교복을 입은 옷태가 평소와 달리 헐렁했다.

"정채준 아팠음?"

"살 완전 빠졌는데?"

채준과 친한 남학생들이 각기 한마디씩 말을 걸었다. 채준은 그 말에 힘없이 웃으며 말했다.

"형님이 미션이 있으셨음."

"뭐, 다이어트?"

"그런 게 있음."

유경은 채준과 남학생들의 대화에 귀를 기울였다. 하지만 그 이상 대화는 이어지지 않았다.

　채준의 사연이 궁금한 건 유경만이 아니었다. 점심시간, 유미는 급식을 먹으며 말했다.

　"채준이 왜 오늘 늦게 왔을까?"

　"소꿉친구가 모르면 누가 앎?"

　나리가 재빨리 대꾸했다.

　그 말에 유미는 짜증 난다는 표정을 지은 후 유경을 바라보았다.

　"경, 어떻게 생각해? 넌 알 것 같은데?"

　유경은 당황했다.

　"요즘 일찍 온다며. 채준이랑 자주 단둘이 있다던데?"

　"누가 그래?"

　"나리. 애들이 말하는 거 들었대."

　유경이 나리를 바라보았다.

　"내가 뭐 없는 말 했어? 너 일찍 오는 건 사실이잖아."

　"그래, 사실이야. 하지만 내가 일찍 오는 건 글을 쓰기 위해서야. 채준이는 아웃 오브 안중이라고."

　유경은 사실을 말하면서도 켕겼다. 채준은 유경과 말싸움을 심하게 한 후 계속 결석했다. 마음 한구석으로는 자기 탓일지도 모른다고 생각하고 있었다.

"경이 날 배신할 리가 없지."

유미가 말했다.

"내가 채준이 찍은 거 다 아는데 경이 친하게 지내려고 일부러 일찍 올 리가 있어? 경이가 누구도 아니고 눈치 없이 그럴 리 없지, 그렇지?"

유미가 눈을 동그랗게 뜨고 유경을 노려보았다.

"그, 그렇지."

유경은 약간 긴장한 표정으로 말했다.

"과연?"

나리 역시 유미와 같은 표정을 지으며 유경을 노려봤다.

"나리 너 되게 사람 이상하게 본다?"

그걸 본 유미가 바로 나리를 쏘아붙였다.

"고자질한 건 넌데 왜 경이를 노려봐? 왜? 나도 그렇게 쳐다보지?"

이 말에 나리는 얌전해졌다. 슬그머니 고개를 숙였다. 하지만 유미가 시선을 돌렸다 하면 바로 유경을 노려봤다. 유경은 그런 나리가 신경이 쓰인 나머지 유미가 나리보다 훨씬 집요하게 계속 자신을 쳐다보고 있다는 사실을 눈치채지 못했다.

25

수업이 모두 끝났다. 그때, 다시 이변이 일어났다. 채준이 1등으로 반을 뛰쳐나가지 않는 것이다. 채준과 친한 남자애들이 "너 어디 아프냐?" 하고 물어도 채준은 "할 일이 있어서." 라며 다들 먼저 가라고 했다.

유경은 찝찝한 기분으로 가방을 멨다. 평소라면 교실을 나서는 순간부터 글 생각을 했겠지만 이날은 달랐다. 채준에 대한 생각만 반복했다.

'역시 머리를 때린 건 좀 심했다. 말로 잘 했어야 했는데 내가 잘못했다.'

'어쩌면 머리 맞은 데가 잘못됐나?'

'정말 잘못 맞아서 그런 거면 어쩌지? 생각보다 상태가 심각해서 결석한 거면? 병원에서 검사받고, 그러느라 살이 빠진 거면?'

유경은 병원에 간 채준을 상상했다. 머리에 문제가 생겨 정밀검사를 하는 채준, 뒤이어 의사가 채준에게 말한다. "앞으로 6개월 남았다." 유경은 드라마에 나올 법한 대사를 상상하고는 저도 모르게 발을 멈추고 흥분해서 소리쳤다.

"앞으로 6개월!"

갑자기 멈춰 선 유경의 뒤에 뭔가가 부딪쳤다. 유경은 예상치 못한 충돌에 그대로 앞으로 쓰러질 뻔했다.

"윤유경!"

누군가가 그런 유경의 허리를 강한 힘으로 감싸 끌어안았다. 유경은 얼결에 상대에게 안겼다. 고맙다고 말하려고 고개를 들었더니 키가 큰 남학생이 서 있었다.

"정채준!"

"아, 안녕."

채준이 유경의 허리를 잡은 손을 풀며 말했다.

"너, 왜!"

채준은 대답 대신 주변을 두리번거렸다. 그 얼굴이 무척 해쓱해 유경은 다시 한번 불치병 진단을 받는 채준을 상상했다.

"서, 설마 너, 정채준."

채준이 긴장한 표정으로 유경을 바라보았다.

"내가 머리 잘못 때려서 어디가 잘못된 거야? 불치병! 여명 6개월!"

"네가 그래서……."

채준은 유경의 말에 잠시 멍청히 서 있다가 말했다.

"글을 쓰나보다."

"욕이냐?"

"아냐 아냐, 너 상상력이 대단하다고. 어떻게 내가 불치병이라는 상상을 할 수 있지? 나 감탄. 찐 대단!"

"그럼 왜 학교 안 왔는데? 왜 그렇게 말랐는데? 역시 불치병이지! 내가 머리를 때려서, 네가 많이 아픈 거지!"

"고양이."

채준이 쑥스러운 표정으로 뒷머리를 긁더니 말했다.

"네가 쓴 글이 너무 마음에 걸려서 말이지."

채준은 육교 아래 고양이가 계속 걱정됐다. 어린 고양이가 혼자 살기에 서울은 너무 각박할 것 같았다. 그래서 지난주 금요일, 집에 가자마자 엄마에게 문제의 고양이를 키우자고 말했다.

"절대 안 돼."

채준의 엄마는 단번에 반대했다. 채준의 집엔 이미 열한 살 먹은 금색 푸들이 한 마리 있다.

"너 몽돌이 처음 올 때 뭐라고 했어? 네가 밥 주고 목욕시키고 산책시킨다고 했지. 그거 몇 번이나 했어. 이 상태에서 고양이를 키워? 절대 안 돼. 엄마는 허락 못 해."

채준은 포기하지 않았다. 고양이를 키우게 허락하지 않으면 등교 거부를 하겠다며 난리를 피웠다.

주말 내내 채준은 엄마와 싸웠다. 그래도 엄마가 꼼짝도 안 하자 월요일 아침 채준은 선언했다.

"등교 거부 플러스 단식투쟁이다!"

엄마는 채준이 괜히 저런다고 생각했다. 채준은 '1등병'이 있다. 특히 1등 등교에 대한 집착은 타의 추종을 불허한다. 그런 채준이 학교에 안 가다니, 말도 안 되는 소리였다.

하지만 채준은 버텼다. 학교에 안 가고 문을 잠그고 방 안에 틀어박혔다. 화장실에 가거나 물을 마실 때 외엔 방 밖으로 나오지 않았다.

"알았어. 고양이 키우자."

오늘 아침, 결국 엄마가 항복했다.

"그 대신 네가 밥 주고 목욕시키고 산책해줘야 해."

"엄마, 각서 써!"

채준은 엄마의 말을 믿지 않았다. 지난 사흘간 방 안에 틀어박혀 있으면서 적어둔 각서를 꺼냈다.

"여기 지장 찍어! 아빠가 공증인!"

엄마는 어이없어하면서도 채준이 시키는 대로 했다.

"이게 그 각서야."

채준은 으스대며 유경에게 종이 한 장을 내밀었다.

"그런데 고양이가 어디에 있는지 아는 건 너뿐이잖아. 너한테 고양이를 데려가겠다고 말하려고 했는데 기회를 못 잡았어. 어쩔 수 없이 방과 후를 기다렸지. 너 집에 가기 기다렸다가 같이 나가려고. 그런데 네가 뭔가 엄청 깊게 생각하며 걷더라? 말을 붙일 틈이 없더라고."

"학교에서부터 계속 나 쫓아온 거야?"

"응, 너 레알 1도 눈치 없던데? 대체 무슨 생각 했냐?"

"네 생각."

"뭐?"

"너 머리 맞은 데 어디 잘못됐나, 계속 네 생각만 했다!"

유경은 자신의 말에 채준이 또 시비를 걸어올 거라고 생각했다. 그런데 채준은 당황해 시선을 피하더니 말했다.

"그, 그래서 문제의 고양이는 어디 있냐? 아침에 올 때 학교 앞 육교는 내가 훑어봤어. 거기 말고 또 딴 데 육교가 있었나?"

유경은 웃음을 터뜨렸다.

"야, 왜 웃어!"

"없어."

유경은 여전히 웃고 있었다.

"네가 말하는 고양이는 원래 존재하지 않는다고!"

유경은 어리둥절한 표정을 짓는 채준에게 자초지종을 설명했다.

첫 소설을 쓴 후에 느낀 카타르시스를 다시 경험하고 싶었고, 다시 소설을 쓰면 카타르시스를 느낄 수 있을 것 같아서 평택에 살 때 키우고 싶었던 길고양이와 '나'를 주인공으로 소설을 써본 거라고.

채준은 유경의 설명에 말 그대로 넋이 나간 표정이 되었다. 유경은 그런 채준이 걱정스러워 쿡쿡 손으로 몇 번 찔러 보았다. 그러자 채준이 정신을 차렸다.

"대체 내가 왜 단식투쟁까지 한 거냐?"

유경은 다시 웃음을 터뜨렸다. 채준은 유경에게 왜 웃느냐고 씩씩거렸지만, 유경은 웃음을 멈출 수 없었다. 그러자 결국 채준도 웃었다.

얼마 지나지 않아 유경과 채준의 배에서 동시에 꼬르륵

소리가 났다.

"아, 배고파."

"나도."

"네가 쏴라, 떡볶이."

채준이 당당하게 말했다.

"너 때문에 내가 단식했으니까, 이 정도는 해줘야지!"

"알았다. 순대도 쏘마."

"사흘 치 내놔!"

26

떡볶이를 먹는 건 좋았다. 하지만 유경은 떡볶이를 먹는 채준과 자신을 누가 보기라도 하면 어쩌나 싶었다. 특히 유미가 보고 오해하는 건 상상만 해도 끔찍했다.

유미와 거리를 두고 나니 유경은 예전보다 훨씬 객관적인 시선으로 유미를 볼 수 있었다. 유미는 심심하면 다른 아이들을 험담한다. 끊임없이 빈정거린다. 가장 무서운 건 그런 일을 당하는 애가 유미를 나쁘지 않다고 생각한다는 점이다. 나리만 하더라도 유미가 그럴 리 없다고, 다 자신이 잘못해서 뭔가 오해를 하는 거라고 생각했다.

또 유미는 언제나 남들보다 빨리 소문을 들었다. 특히 채준과 관련된 소문은 눈에 불을 켜고 모았다. 오늘만 해도 나리에게 들었다며, 채준에게 관심이 있느냐고 다이렉트로 질문을 던졌다. 그런 유미인데, 유경이 채준과 함께 떡볶이를 먹었다는 사실을 알면 난리를 칠 게 빤했다. 유경은 만에 하나 누가 자신을 볼 걸 염려해 채준과 거리를 두고 걸었다.

"뭐 하냐, 너?"

"누가 보면 어떡해!"

"헐?"

채준은 어이없어하더니 몸을 돌렸다. "네 맘대로 해라." 하고 말한 후 앞서 걸어 버스 정류장으로 향했다.

채준은 얼마 안 가 도착한 버스에 올라탔다. 유경은 채준을 따라 버스에 탔다. 버스는 텅 비어 있었다. 채준은 빈 2인석에 앉았다.

"야, 여기 앉아."

채준이 빈 옆자리를 손으로 툭툭 치며 말했다. 유경은 무시하고 채준의 앞자리에 앉았다. 유경은 버스가 출발하고 나서야 안심하고 뒷자리의 채준을 홱 돌아보며 말했다.

"그래서 우리 어디로 가냐?"

"지금은 안 무섭나보지?"

"버스가 출발했으니까."

"뭐가 그렇게 무섭다는 건지 모르겠네."

채준이 어이없어하며 말했다.

"숨은 맛집 간다. 이 몸이 초등학교 때부터 다닌 떡볶이집이다."

"알았다. 내릴 때 되면 신호 줘라."

"뭘, 어떻게 알려줘? 너 애들 타면 또 말 시키지 말라고 할 거 아냐?"

"내 머리 위쪽으로 벨 눌러. 내가 벨만 노려보고 있을게."

채준은 한숨을 쉬더니 자신의 핸드폰을 유경에게 건넸다.

"찍어."

"아, 이런 수가 있었지!"

유경이 자신의 전화번호를 찍으며 말했다.

채준은 핸드폰을 받더니 바로 유경에게 메시지 하나를 보냈다.

바보냐 천재냐. 정말 알다가도 모르겠다.

유경은 바로 채준을 저장했다. 이름은 1등병 환자. 그러고
는 그 스크린숏을 찍어 채준에게 메시지로 보내줬다. 그러자
채준이 스크린숏으로 맞받아쳤다. 그 스크린숏에는 유경의
전화번호에 이름 대신 '마야'라고 적혀 있었다. 유경이 바로
물었다.

마야가 뭐냐?

있다. 천의 얼굴을 가진 소녀라고.

채준과 유경은 열 정거장을 간 후 내렸다. 무려 행정구역
구가 두 번이 달라졌다.

"넌 이런 데를 어떻게 아냐?"

"어렸을 때 살았던 동네."

"너 지금은 아파트 살잖아."

"로또 맞았다. 됐냐?"

"어이없음."

"사실 진짜 거의 로또였음. 갑자기 집값이 뛰었거든."

채준이 한 빌라 앞에 서서 말했다.

"여기가 우리 집 자리임. 이사 가고 나서 빌라로 바뀜."

"오, 이것은 좋은 소재다. 감사."

유경은 재빠르게 핸드폰으로 사진을 찍은 후 메모했다.

"머릿속에 오직 글밖에 없고만. 이러니 마야지, 마야."

"어, 또 나왔다. 마야가 대체 뭐냐? 역시 욕이지?"

채준이 말한 숨은 맛집은 빌라 건물 1층의 가정집으로 간판도 없었다.

"등하교 시간에만 문을 여는 찐 숨은 맛집이다. 이 몸이 초등학생 때부터 다니는 곳이지. 영광으로 여겨."

채준은 앞장서서 분식점에 들어갔다. 일반 가정집 거실에 좌식 식탁이 몇 개 놓여 있었다.

"채준이 왔니."

부엌에 있던 분식점 사장 아줌마가 채준을 보고 알은척했다. 그러더니 유경을 보고 의아한 표정을 지었다.

"여자친구가 있었어?"

이 말에, 거의 동시에 채준과 유경이 소리 질렀다.

"여자친구 아니거든요!"

“여자 ‘사람’ 친구거든요!”

채준과 유경은 서로 눈을 마주치고 불쾌하다는 표정을 지었다.

“그래서 뭐 줄까?”

“떡김순이요.”

채준이 잽싸게 대답했다.

“오냐.”

사장이 웃으며 부엌으로 돌아갔다.

27

유경과 채준은 순식간에 떡볶이와 김밥, 순대를 비웠다. 채준의 말대로 어떻게 먹었는지 모를 정도로 맛있었다. 유경과 채준은 바로 1인분씩 더 시켰다.

“너 재능 있다.”

채준은 신이 나서 먹으며 말했다.

“떡볶이 사 주는 재능?”

"그게 아니라, 리얼리티가 대단해."

"리얼리티? 먹방?"

"글 말이야, 글. 소설의 리얼리티 말이야. 문학이나 예술에서 가장 중요한 요소."

"그런 게 있어?"

유경은 정말 진지한 표정으로 물었다.

"모르고 썼냐?"

"응."

"마야를 보는 아유미의 기분이 이제야 이해가 가는군."

채준은 순대에 떡볶이 국물을 묻히며 말했다. 바로 입에 넣고 우물거렸다. 유경은 채준이 순대를 모두 삼킬 때까지 기다렸다가 물었다.

"또 나왔다, 마야. 이번엔 아유미까지. 대체 그게 뭐냐? 정말 안 가르쳐줄 거냐?"

"『유리가면』 주인공이다."

"그게 뭐임? 영화야? 아님 뭐, 외국 드라마?"

"어디서 들어본 거 같지 않아?"

"모르겠는데."

"너희 아빠가 유명한 만화나 애니, 웹툰 같은 거 막 알려주고 그러지 않아?"

"우리 아빠 만화 많이 안 봐. 원래 소설가 지망생이었어.
집에 소설책은 많아."

"아, 진심 이해불가. 직접 봐라. 자, 이게 내 최애 『유리가
면』이다."

채준은 흥분해서 가방에서 태블릿을 꺼냈다. 몇 번 조작
하자 문제의 『유리가면』 전자책이 나왔다.

"정독하거라!"

"고마워."

유경은 태블릿을 받아서 가방에 넣으려고 했다. 그러자
채준이 그런 유경의 손을 잡아 다시 태블릿을 얼굴 앞으로 갖
다 댔다.

"지금 당장 보라고!"

거절하면 한 대 때리기라도 할 기세였다.

"아, 알았다고."

유경은 당황해 손에 태블릿을 들었다.

채준은 그제야 흡족해하며 다시 떡볶이를 손에 들었다.
유경은 어이없어하면서 태블릿의 화면에 시선을 고정했다.

평소 유경은 아빠의 웹툰을 비롯해 다양한 웹툰을 본다.

4막 바람 속을 걷다

웹툰 컷은 위에서 아래로 이어지는 스크롤이기에 복잡하지 않다. 『유리가면』은 달랐다. 한 장에 기본 여섯 컷 정도가 배치된다. 복잡할 때엔 8개, 10개도 된다. 이렇게 복잡하면 내용을 이해하기 힘들 것 같았으나, 아니었다.

유경은 아주 쉽게 『유리가면』에 푹 빠져들었다. 어쩌면 그건 채준의 말대로 마야가 자신과 닮았기 때문일 수도 있었다.

중학교 2학년 기타지마 마야는 머리가 좋지도, 예쁘지도 않다. 아빠가 돌아가신 후 엄마와 함께 중국집에서 더부살이 중이다.

유경 역시 성적이 좋은 편이 아니다. 촌스럽다는 말에서 벗어난 지 얼마 안 됐다. 또 얼마 전까지 엄마와 평택에서 단둘이 살다가 엄마가 재혼해 이제는 아빠와 함께 살게 되었다. 하지만 유경과 마야가 가장 많이 닮은 점은 따로 있었다. 집중력. 좋아하는 것을 보면 저도 모르게 푹 빠지는 버릇.

유경은 좋아하는 웹툰이나 소설은 순식간에 독파한다. 외우는 수준까지는 아니지만 한번 보고 나면 그렇게 쓰고 싶다는 욕망에 불탄다. 마야는 영화나 연극을 보면 정신을 못 차린다. 한 번 본 영화나 연극은 그 내용을 몽땅 다 외워버린다. 모든 배우의 대사는 물론 동작까지 완벽하게 외워 동네 아이들에게 보여주기도 한다.

마야는 연극 「춘희」가 보고 싶지만 티켓 가격이 너무 비싸 엄두가 안 난다. 그러던 중 자신이 더부살이하는 중국집의 딸 스기코가 1월 2일자 「춘희」의 티켓이 있다며 마야를 약 올린다. 스기코는 섣달그믐날 밤 예약 배달 120건을 마야가 모두 해낸다면 티켓을 주겠다고 약속한다.

다들 불가능하다고 생각한다. 하지만 마야는 그 말을 있는 그대로 믿고 전심전력으로 배달한다. 모두가 불가능할 거라고 생각한 일을 해낸다.

마야는 너무 많이 걷고 뛰어서 움직일 기력마저 없다. 다른 사람에게 몸을 기대 억지로 움직이는 수준이다. 그런 상태로 스기코에게 다가간다. 연극 티켓을 달라고 한다.

스기코는 마야가 두렵다. 티켓을 주기 싫다. 오기가 난 스기코는 "분수를 알라."며 티켓을 바다에 버린다.

이 정도면 포기할 줄 알았다. 그런데 마야는 달랐다. 마야는 눈바람이 휘몰아치는 차가운 새벽 밤바다로 망설임 없이 뛰어들어 티켓을 건져낸다. 온몸이 차갑게 식어 동상에 걸릴 지경에 이르렀는데도 연극 「춘희」를 보게 된 것을 기뻐한다.

바다에 뛰어들 정도로 연극에 진심인 마야. 그렇게 얻은

「춘희」티켓으로 또 어떤 일이 일어날까.

유경은 기대에 가득 차 다음 장을 보려고 했다.

"이제 그만!"

그런데 채준이 태블릿을 빼앗으려고 손을 뻗었다.

"윤유경 너, 어떻게 그렇게 집중해서 그걸 보고 있냐? 내가 몇 번이나 말을 걸었는데 하나도 못 듣더라?"

"나한테? 말 걸었어?"

"태블릿 내놓으라고 말 걸었다!"

"대박."

"그래, 대박이다. 너 집중력 대박."

"그게 아니라, 날 마야라고 저장해줬다니 대박이라고. 완전 감사."

유경은 갑자기 미안해져서 핸드폰을 꺼내들었다.

"너 혹시, 뭐 다른 이름으로 저장해줄까?"

"용식."

"뭐?"

"민용식."

"그게 누군데?"

"있어, 그런 사람."

그러면서 채준은 유경의 손에서 태블릿을 빼앗았다.

"자, 잠깐! 나 그것 좀 빌려주라!"

"절대 안 돼!"

채준이 정색을 했다.

"나는 매일 『유리가면』을 본단 말이다! 아침에 일어나면 『유리가면』! 자기 전에도 『유리가면』!"

"너, 설마 아침에 일찍 등교해서 보던 게 그거냐?"

"그렇다!"

"그거 순정만화 아냐?"

"『유리가면』은 명작이다!"

"그러지 말고, 나 딱 다음 장만 볼게. 마야가 「춘희」 보면서 무슨 일 일어나나 딱 그것만 보고 돌려줄게, 응?"

"안 된다니까!"

28

결국 유경은 채준의 태블릿을 빌리지 못했다.

채준과 헤어져 집에 가는 내내 유경의 머릿속은 온통 『유리가면』 생각으로 가득 차 있었다. 「춘희」를 보러 간 마야에게 무슨 일이 일어났을지 알고 싶어 참을 수 없었다.

집에 돌아온 유경은 급히 아빠를 찾았다.

"아빠! 나 돈 좀 줘!"

"갑자기 무슨 돈?"

"만화 사야 해! 만화!"

"만화? 웹툰 결제하게?"

"그런 거 아냐! 나, 만화 봐야 해! 『유리가면』 봐야 한다고!"

유경은 흥분해서 채준과의 일을 이야기해줬다. 아빠는 유경의 말을 모두 듣더니 묘한 표정을 지었다.

"네가 벌써 유경이 나이가 되다니……."

아빠는 뜻 모를 혼잣말을 중얼거리더니 자리에서 일어났다. 그러고는 유경이 오고 한 번도 연 적이 없던 창고 방문을 열었다. 그 안에서 커다란 종이 박스 하나를 꺼냈다.

종이 박스 안에는 『유리가면』 종이책이 잔뜩 들어 있었다. 아빠는 그런 종이책을 일일이 들어 보이며 말했다.

"이건 예전에 해적판으로 발매되었던 거란다. 주인공 이름이 오유경. 한국식이지. 이건 그 후에 정식 발매된 거란다. 이쪽은 마야가 주인공."

"아빠, 혹시 내 이름 거기서 딴 거야?"

"으응, 사실 그랬어."

아빠가 쑥스러운 표정으로 말했다.

"완전 좋아! 고맙습니다! 아빠!"

유경은 신이 나서 박스를 안아 들었다. 흥분해 방으로 들어갔다.

그런 유경의 등 뒤로 아빠가 말했다.

"딸, 밥 먹는 거 까먹으면 안 된다!"

29

다음 날 아침, 윤민은 딸 유경이 너무 조용해서 이상했다. 평소 같으면 새벽 6시면 일어나서 글을 쓴다며 나갈 준비를 할 텐데 이날은 아무 말도 없었다.

윤민은 유경의 방문을 살짝 열어보았다. 유경은 쭈그리고 앉아 뭐에 홀린 사람처럼 혼잣말을 중얼거리며 『유리가면』을 보고 있었다.

2022년, 유경은 마야의 나이가 되었다. 『유리가면』을 접하자마자 시간 가는 줄 모르고 빠져들었다. 그 순간 윤민의 눈에 그런 딸이 만화 속 주인공과 겹쳐졌다.

난생처음 연극을 하게 된 마야. 마야는 학교 연극에서 바보 아가씨 비비 역할을 맡는다. 선생님은 마야의 집안 형편이 안 좋으니까 일부러 의상 비용이 적게 드는 바보 역할을 맡긴다. 같은 반 아이들은 마야가 형편없는 역할을 맡았다고 불쌍해한다. 마야는 이 일로 풀이 죽는다.

그런 마야에게 츠키카게는 비비가 이 연극에서 가장 어려운 역할이라며 비비의 가면을 쓰라고 한다. 츠키카게는 훗날 마야를 연극 무대로 이끄는 스승이 되지만, 이때까지는 이상한 동네 아줌마에 지나지 않았다. 마야는 이런 츠키카게의 수수께끼 같은 말을 마음에 담고 집에 돌아온다.

엄마는 마야가 바보 역할을 맡았다는 사실에 슬퍼하지만, 마야는 머릿속에 츠키카게의 목소리만 가득하다. 마야는 비비의 가면을 쓰는 일, 그 여자가 되는 일이 무엇인지 생각하느라 잠을 이룰 수 없다.

마야는 잠든 엄마 옆에서 스탠드의 불을 켜고 대본을 읽는다.

그러다 엄마가 깬다. 너무 밝다는 말에 마야는 불을 끈다. 하지만 대본을 읽는 일을 참을 수 없다.

마야는 창밖을 바라본다. 전봇대 불빛이 창문 사이로 스며든다. 마야는 그 불빛을 이용해 다시 대본을 읽는다. 같은 내용을 몇 번이고 반복해 중얼거린다.

날이 밝는다. 전봇대 불이 꺼진다. 그래도 마야는 알지 못한다. 꼼짝도 않고 같은 자세를 하고 대본을 읽느라 주변이 밝아진 것을 눈치채지 못한다.

지금, 『유리가면』에 집중한 유경의 모습은 영락없이 그 순간의 마야였다.

윤민이 방문을 닫았다. 학교에 전화를 걸어 말했다.

"유경이가 오늘 학교에 못 갈 것 같습니다. 열병이 나서요."

"열병이요? 많이 아픈가요?"

"하루 이틀 쉬면 좋아질 겁니다. 마침 금요일이니 주말 지나면 괜찮아질 듯하네요."

전화를 끊은 후 윤민은 혼잣말을 중얼거렸다.

"유경이의 마음속 불새가 마침내 날갯짓을 시작하려나 봅니다……."◇

◇ 『유리가면』에 나오는 문장을 패러디했다.

내일의 민

　이혼을 한 후 민은 이상하게 훨씬 아내와 딸이 자주 보고 싶어졌다.

　특히 유경이 사랑스러웠다.

　유경은 민이 평택에 오는 날이면 늘 현관문 앞에 쭈그리고 앉아 있다가 그를 맞았다. 알고 보니 유경은 민이 오는 날이면 아예 전날 밤 현관에서 잔다고 했다.

　미라는 그런 유경을 달래보았지만 유경은 말을 듣지 않았다.

　"만에 하나 아빠가 새벽에 오면 어떡해. 내가 제일 먼저 맞아주지 않으면 아빠가 실망할 거야."

　이 말에 미라는 유경이 얼마나 민을 그리워하는지를 처음으로 깨달았다.

"그럼 엄마도 같이 현관에서 잘까?"

이 말을 들은 날, 민은 미라에게 다시 잘해보자는 말을 할 뻔했다. 가까스로 입 밖으로 내지 않은 건 자신의 상황 탓이었다.

민은 결국 회사를 그만뒀다.

참 희한한 일이었다. 그렇게 회사를 그만두라고, 평택에 오라고 종용을 받았을 때엔 아무리 해도 못 하겠던 퇴사가 이렇게 쉽게 되다니. 그러고 나서야 미라와 유경의 소중함을 깨닫게 되다니.

민은 이런 기분을 어떻게든 표현하고 싶어졌다. 이 마음을 글로 적자니 자연스레 자신의 모습을 표현한 그림이 같이 나왔다. 그렇게 글과 그림을 함께 적다보니 미라가 입버릇처럼 하던 말이 떠올랐다.

"당신은 재능이 있어. 훌륭한 소설가가 될 거야."

처음 미라에게 이 말을 들었을 때엔 기뻤다. 하지만 나중엔 미라가 이 말을 하면 화가 났다.

지금 이 순간, 민은 그 두 가지 감정을 동시에 느끼고 있었다. 어떤 순간에도 자신에게 재능이 있다고 해준 미라가 고마웠다. 동시에 그런 미라의 말을 믿지 못하고 윽박질렀던 과거의 자신에게 화가 났다.

슬펐다.

더는 그때로 돌아갈 수 없다는 사실을 깨달았기에.

그날 이후 민은 자신의 감정을 글과 그림에 쏟아부었다. 먹지도 않았다. 씻지도 않았다. 잠자는 것도 귀찮았다. 오직 민은 글을 쓰고 그림만 그리고 싶었다. 이런 기분은 태어나서 처음이었다. 글을 쓰고 그림을 그리는 그 순간에만 민은 살아 있는 것 같았다. 그렇게 완성한 결과물을 민은 인터넷에 올리기 시작했다. 웹툰 작가 윤작가의 시작이었다. 그때부터는 댓글의 반응이 민을 키웠다. 민은 댓글을 주의 깊게 봤다.

댓글 중 가장 신경 쓰이는 상대는 '보라장미'였다. '보라장미'는 『유리가면』에 등장하는 캐릭터로 유경의 키다리 아저씨다. 유경이 배우로 성장하는 데에 필요한 모든 것을 음지에서 지원한다.

민은 어쩐지 '보라장미'가 미라일 것 같았다. 미라가 자신을 응원하고 있다고 생각하면 민은 더욱 열심히 그림을 그릴 수 있었다.

하지만 정식 연재는 쉽지 않았다.

무언가 부족했다.

민은 갑갑했다. 하지만 조급해한다고 해서 쉽게 해결할 수 없다는 사실을 알았기에 그저 기다렸다.

영감이 내려오기를.

그런 민에게 영감이 찾아왔다. 정확히 말하자면, 영감은 그를 '평택에서 기다리고 있었다'.

유경은 초등학교에 올라가자 예전보다 더 많은 것을 민에게 들려주고 싶어 했다. 민은 그런 유경이 사랑스러워 어쩔 줄을 몰랐다. 유경과 떨어져 있을 때면 미라에게 유경의 사진을 보내달라고 부탁했다. 민은 유경의 사진을 모델로 많은 그림을 그렸다. 평택에 갈 때마다 그렇게 그린 그림을 보여줬다.

자신의 그림을 본 유경은 뛸 듯이 기뻐했다. 처음엔 그런 민을 따라 그림을 그려보려고도 했으나 유경이 그리는 그림은 인간의 형태에서 거리가 멀었다.

"우리 딸은 그림엔 소질이 없나보다."

유경은 민의 말에 시무룩했다.

서울로 돌아온 민은 이 말을 몇 번이고 곱씹었다. 고작 일곱 살한테 소질이나 재능을 말하는 건 성급한 행동이라고 반성했다. 다음 날 민은 다시 평택으로 갔다. 유경에게 사과를 하고 기운을 북돋아줄 셈이었다.

그런 민에게 유경이 스케치북을 내밀었다. 스케치북에는 크레파스로 삐뚤삐뚤 적은 시가 적혀 있었다.

난 아빠가 좋다

아빠는 자주 만날 수 없다

아빠처럼 되면 자주 만날 수 있을까?

난 그림은 재능이 없다

그러면 글을 써야지!

글엔 재능이 있을까?

없으면 어쩌지?

유경이 그림을 그린 게 아빠처럼 되고 싶어서라니, 아빠를 자주 만나고 싶어서였다니, 그림이 안 되면 글을 쓰겠다니.

"아빠, 어때?"

유경은 이 글을 민에게 보이며 눈을 빛내고 있었다.

"최고야……."

민은 목이 메어 말했다.

"우리 딸은 천재야! 벌써 이런 시를 짓다니 우리 딸 대단해!"

유경은 활짝 웃었다. 민은 딸의 얼굴을 보다가 결국 울음을 터뜨렸다.

"아빠 왜 울어? 왜 그래?"

"감동받아서. 우리 딸이 적은 글에 아빠가 너무 감동을 받아서 그래."

이 순간, 민이 유경에게 글쓰기에 재능이 있다고 말한 건 어디까지나 딸의 기를 죽이지 않기 위해서였다.

하지만 유경은 달랐다. 진심으로 그 말을 받아들였다.

이후 유경의 글솜씨는 나날이 좋아졌다. 민 역시 진지해졌다. 유경에게 습작 노트를 사 주고 꼼꼼히 첨삭을 시작했다. 그런 과정을 일 년 넘게 반복하고 나자 새로운 웹툰의 영감이 떠올랐다. 정확히 말하자면 그리고 싶어 미칠 것 같았다.

이토록 사랑스러운 아이의 이야기를, 아이를 통해 구원받는 아빠의 이야기를.

그것이 웹툰 「약사×약사」의 시작이었다.

5막

· · · · · · · · ·

봄의 폭풍

30

월요일 아침, 유경이 학교에 도착해보니 채준이 와 있었다.

"왔나!"

"너 그거 알았나?"

유경은 인사보다 먼저 말했다.

"뭘?"

"나 태어난 해에『유리가면』연재가 재개됐다?"

"당연히 알지. 나도 2008년생인데."

채준이 피식 웃었다.

"그런데 더 무서운 게 뭔지 알아?"

"뭔데?"

"우리 부모님은『유리가면』연재가 휴재된 해에 이혼했
다?"

"헐, 나 지금 소름 쫙."

"나도 소름 쫙 돋았음. 그리고 네 말 맞았음. 울 아빠가 만화를 엄청 많이 봤음."

유경은 어제 아빠와 있었던 일을 채준에게 전했다.

일요일 밤, 유경은 『유리가면』 49권 마지막 장을 본 후 50권을 찾았다. 하지만 어디에도 50권이 없었다.

유경은 당황해 방을 뛰쳐나갔다. 잔뜩 집중해 모니터 앞에 앉아 있던 아빠에게 소리 질렀다.

"아빠! 50권이 없어! 50권은 어디 있어?"

아빠는 처음엔 유경의 말을 못 알아들었다. 화면만 뚫어져라 바라보다가 유경이 다가와 몸을 흔들자 천천히 몸을 돌렸다.

"휴재다……."

창백한 아빠의 얼굴에 유경은 갑자기 정신이 들었다.

"결국 일 저지른 거야? 세이브 원고는? 영희 언니한테 차이는 거야, 이제?"

"그게 아니라 미우치 센세께서 휴재를 하셨다……."

아빠는 긴 한숨을 내쉬며 천장 한 구석을 바라보더니 말했다.

"미우치 센세의 휴재는 하루 이틀 일이 아니야. 그래도 2008년에 연재를 재개했을 때 우리는 희망을 품었더랬지."

"그럼 언제 재개되는 거야? 마야는 언제 이즈의 섬으로 가냐고!"

"너무 실망하지 말렴.『베르세르크』도 연재 재개가 결정되었으니 만에 하나 미우치 센세가 돌아가시더라도『유리가면』은 어떻게든 완결이 날 거야."

"『베르세르크』는 또 뭔데?"

"1989년 연재를 시작한 미우라 켄타로의 작품인데 마찬가지로 계속 휴재를 하다가 결국 완결이 안 난 채 미우라 센세께서 작고하시는 바람에…….."

아빠는 복잡한 표정을 지었다.

"대체 어떤 만환데? 우리 집에도 있어?"

"넌 아직 못 봐. 19금이야."

"채준이 말이 맞았네."

유경은 채준과 나눴던 대화를 전했다. 아빠는 유경의 말을 듣더니 웃었다.

"만화를 안 보는데 웹툰을 그릴 리 없지. 아빠 웹툰 제목만 해도 토가시 센세의『헌터×헌터』따라 한 거야."

"그건 또 뭔데?"

"세기의 명작이지."

"설마, 또 휴재?"

"어떻게 알았냐?"

"뭔가 패턴이란 기분이 들었음."

"그럴 줄 알았다! '약사×약사' 제목이『헌터×헌터』에서 따왔을 줄 내가 알았다니까!"

채준은 흥분해서 말했다.

이후로도 유경과 채준은 흥분해서 계속 대화를 이어나갔다. 마야와 아유미가 얼마나 정열적으로 연극에 임하는지, 그런 마야와 아유미 중 결국 누가 홍천녀를 잇게 될지 등등 이야깃거리가 끊이지 않았다.

그러다 채준이 말했다.

"너 그럼 민용식이 누군지 알았어?"

약간 기대에 찬 표정이었다.

"그게 누군데?"

채준은 대놓고 실망한 표정을 지었다.

"아직 그 정도는 아닌가."

"뭐가 아나?"

"아무튼 나머지 이야긴 나중에 또 하자."

그러고 보니 어느새 8시가 넘었다. 아이들이 등교할 시간이다. 그건 곧 이제 더는 편하게 둘이 대화할 수 없다는 뜻과 같다.

유경은 서운했다.

"이따가 떡볶이집 콜?"

채준이 말했다.

"지금 못다 한 이야기, 또 하자고."

"좋아! 전에 거기서 접선!"

채준이 손바닥을 들어 보였다. 유경은 하이파이브 후 제자리로 돌아갔다.

유경은 채준과 또 『유리가면』 이야기를 할 수 있다는 사실이 무척 기뻤다. 그래서 유미가 나타났을 때 방금 전 채준에게 했듯이 손을 번쩍 들어 보였다.

"좋은 아침!"

"오늘 왜 이렇게 기분 좋음?"

"뭔가 예감이 좋음!"

유미는 바로 유경의 손을 맞받아쳤다.

"좋아! 설욕전이다!"

유미의 말에 잠시 유경은 무슨 소리지, 하고 의아했다.

궁금증은 금방 풀렸다. 10분 후에 나타난 나리 덕이다. 나리는 한 손에 든 핸드폰을 손에 들고 흔들며 말했다.

"카톡 여론 조사 결과 끝났음. 우리가 3표 차로 유리함!"

"쪼아!"

유미는 다시 한번 손을 번쩍 들었다. 나리는 신이 나서 하이파이브를 하려고 했지만, 유미가 손을 뻗은 상대는 유경이었다.

유경은 보란 듯이 유미와 손을 맞부딪쳤다. 속으로는 뜨끔했다. 글을 쓰느라, 채준과 노느라, 유미가 가장 중요하게 여기는 반장 선거를 깜빡하고 있었다.

"이번엔 유미가 부반장이 될 거야. 오늘은 정말 예감이 좋으니까, 분명 그렇게 될 거야."

"경!"

유미가 감격했다.

"나 사실 요즘 네가 나를 싫어하는 줄 알았어. 네가 갑자기 바쁘다고 하고, 등하교도 같이 안 하고."

"서운하게 해서 미안해. 이 상황 끝나면 다시 같이 다니자."

"정말? 그럼 당장 오늘 어때?"

유경은 여러 의미로 당황했다. 오늘은 채준과 선약이 있었다. 유경은 채준과 떡볶이집에서 만나『유리가면』이야기를 해야 한다.

"오, 오늘은 안 되고 내, 내일!"

유경이 서둘러 말했다.

"아빠한테! 아빠한테 저녁에 가서 말해야 하니까! 우리 내일은 꼭 같이 등하교하자!"

"하는 수 없지."

유미는 서운한 표정을 지었다. 그래도 곧 웃어 보였다.

"그래도 내일은 꼭! 꼭이다!"

31

1교시는 한 달에 한 번 있는 학급자치회의 시간이다. 생각중학교는 이 시간마다 반장 선거를 실시한다.

담임선생님은 말했다.

"오늘은 다들 알다시피 반장 선거가 있는 날이다. 방식은 지난번과 마찬가지, 현재 학급 임원에 대한 신임 여부를 묻는다. 현 임원에게 이의가 없을 경우, 반장과 부반장은 한 달 더 임원 역할을 수행한다. 이의가 있을 경우, 재선거를 실시한다. 우선, 정채준이 계속 반장직을 수행하는 일에 대한 가부를 진행한다. 이의 있는 사람은 거수."

아무도 손을 드는 사람은 없었다.

"한 번 더 묻는다. 이의 있는 사람은 있는가?"

"……"

"마지막으로 한 번 더 묻는다. 이의 있는 사람은 거수하기 바란다."

"……"

"모두가 동의하는 것으로 알겠다. 채준아, 5월도 잘 부탁한다."

채준이 자리에서 벌떡 일어났다. "넵!" 하고 큰 소리로 말하며 손가락으로 브이 자를 만들어 보이자 다들 동시에 박수를 쳤다. 채준은 그런 아이들에게 연달아 키스를 보내는 시늉을 했다. 그러다 채준은 유경과 눈이 마주쳤다. 채준은 유경에게는 손 키스를 보내지 않았다. 그 대신 씩 웃더니 고개를 휙 돌렸다.

"자, 다음으로 부반장 이지민에 대한 신임을…… 그래, 이미 손을 들었군."

지민이 몸을 휙 돌렸다. 나리와 정원, 유경이 동시에 손을 든 것을 보고는 잔뜩 화가 난 표정으로 유미를 노려보았다. 유미는 그런 지민을 보며 그냥 웃기만 했다. 유경은 흥미진진하게 둘을 지켜봤다. 그러다 다시 채준과 눈이 마주쳤다. 채준이 또 씩 웃었다. 뭔가 꿍꿍이가 있는 미소였다.

"이의가 있으니 5월 부반장 선거를 진행한다. 부반장에 입후보할 사람은 거수할 것. 추천하고 싶은 사람이 있다면 말해도 좋다."

선생님 말이 끝나기가 무섭게 가장 먼저 나리가 손을 들고 소리쳤다.

"은유미를 부반장으로 추천합니다!"

"추천합니다!"

정원이 재빠르게 동의했다. 거의 동시에 지민 그룹 애들이 손을 들고 소리쳤다.

"4월 반장이었던 이지민을 추천합니다!"

"지민이는 훌륭한 리더십을 보였습니다!"

담임선생님은 '은유미'와 '이지민'을 차례로 칠판에 적었다. 그러고 난 후 몸을 돌려 말했다.

"또 없나?"

교실이 조용해졌다.

"없으면 이대로 진행……."

그런데 채준이 손을 들었다.

"오, 반장이 직접? 추천할 사람이 있나?"

"네!"

아이들이 술렁였다. 흥미가 없어 보이던 다른 그룹의 아이들도 웅성거렸다. 3월과 4월 두 번의 부반장 선거 당시 채준은 개입하지 않았다. 그런데 채준이 직접 손을 들어 추천하다니, 누굴까.

"윤유경을 추천합니다!"

반 아이들의 입에서 "에엑?" 하는 소리가 튀어나왔다. 모두의 시선이 유경에게 쏠렸다.

"윤유경은 우리 반 1등 등교생입니다. 윤유경은 아침 일찍 등교해서 글을 씁니다. 또 아버지가 유명 웹툰 「약사×약사」

의 작가인 윤작가입니다. 가장 중요한 건, 윤작가는 일상에서 아이디어를 얻는다는 것입니다! 윤유경이 부반장이 되면 그 사건이 웹툰에 실릴지도 모르지 않겠습니까? 그러면 우리 반에서 사인회라도!"

"윤유경! 입후보해라!"

"사인회를 개최하라!"

"웹툰 대환영! 성덕 좀 되어보자!"

아이들이 박수와 함성을 쏟아냈다.

"조용, 조용. 윤유경, 후보 추천이 들어왔는데 어떻게 할 건가? 입후보할 건가?"

유경은 예상치 못한 상황에 당황했다. 어쩔 줄 몰라 하며 뒤를 돌아봤다. 가장 먼저 유미의 눈치를 본 것이다. 그런데 유미가 유경보다 먼저 움직였다. 사방에서 아이들이 웅성거리는 중 유미가 손을 들었다.

"무슨 일인가, 은유미?"

"후보를 사퇴합니다. 저는 윤유경을 지지합니다."

유미가 살짝 웃으며 자리에 앉았다.

"그래, 알았다. 윤유경, 입후보할 건가?"

유경은 혼란스러웠다. 유미는 4월에 지민이 부반장이 된 걸 어지간히 분하게 여겼다. 그런 유미가 스스로 입후보를 사퇴하다니, 게다가 자신을 지지하다니 이 상황을 이해할 수 없었다.

"윤유경, 네가 입후보하지 않는다면 자동으로 5월 부반장은 이지민이 된다."

"이, 입후보하겠습니다."

담임선생님의 말에 유경은 정신이 번쩍 들었다.

"부반장에 입후보합니다!"

유미의 마음은 이해할 수 없었지만 지민이 부반장이 되어서는 안 된다는 것만은 확실했다.

유경의 말에 거의 모두가 환호했다.

그중에는 유미도 있었다. 유미는 미소 지으며 고개를 끄덕이고 있었다. 하지만 눈은 웃지 않았다.

32

개표 결과, 압도적인 득표수로 유경이 부반장에 선출됐다.

지민을 뽑은 투표자 수는 다섯 명에 불과했다. 그건 곧, 지민 그룹 아이들도 대부분 유경을 뽑았다는 말이 된다. 유경은 기쁘다기보다 불안했다. 이 결과를 유미가 어떻게 생각할지 걱정돼 쉬는 시간이 되자마자 유미에게 다가갔다.

"축하해, 경."

유미가 활짝 웃으며 말했다.

"왜 사퇴한 거야. 유미?"

나리가 불만 섞인 표정으로 물었다. 유미는 그런 나리에게 대놓고 싫은 표정을 지었다.

"유미야, 알려줘."

유경이 말했다.

"나도 궁금해. 사실 난 너를 위해 사퇴하려고 했어."

"네가 그럴까봐 내가 사퇴한 거야."

유미가 정색을 했다.

"채준이는 지금까지 한 번도 부반장 선거에 개입한 적이 없어. 그런 채준이 경을 추천했어. 게다가 추천한 이유가 아주 강력해. 웹툰 작가 사인회라니! 누가 이걸 마다하냐고! 즉, 경이 부반장이 될 가능성이 매우 높아. 그런데 이 상황에서 경이 나 때문에 사퇴를 한다면 어떻게 될까?"

"표가 둘로 갈리겠지?"

나리가 말했다.

"원점으로 돌아갈 뿐이잖아?"

정원 역시 의아한 표정이었다.

"아니지. 아이들은 나 때문에 경이 사퇴했다는 사실에 분노할 거야. 경을 뽑으려고 생각했던 애들이 화풀이로 날 떨어뜨린 후 지민을 뽑으려 들 수 있어. 이 상황에서 최고의 수는 내가 사퇴하고 경을 밀어주는 거야."

그제야 나리와 정원은 이해가 간다는 표정을 지었다.

"넌 정말 머리가 좋구나."

유경은 감탄했다.

"다음 달엔 꼭 네가 부반장이 될 거야. 만에 하나 채준이가 이상한 소리 하지 않게 내가 잘 말해둘게."

이 말에 유미의 표정이 달라졌다.

유미는 눈을 아주 크게 떴다. 눈을 너무 크게 뜨는 바람에 눈동자 위아래로 흰자위가 보일 정도였다.

"네가, 채준이한테 말해둔다고? 네가 뭘? 어떻게?"

유경은 뒤늦게 자신의 말실수를 깨달았다.

"아, 그러니까. 반장 부반장이니까 대화할 기회가 많아질 거 같아서. 그때 말해두겠다는 거지."

"그래?"

유미는 유경을 뚫어져라 바라보았다.

"그, 그렇지."

유경은 약간 겁에 질려 대답했다.

"우린 친구니까, 그럼."

수업 준비종이 쳤다.

"나, 그만 자리로 돌아갈게. 이따 다시 이야기하자."

유경이 유미의 눈치를 보며 말했다.

"그래, 부반장."

그런 유경의 등 뒤로 유미가 말했다. 유경은 처음 듣는 호칭에 흠칫 놀라 고개를 돌렸다. 유미는 여전히 유경을 뚫어져라 바라보고 있었다. 방금 전과 마찬가지로 아주 크게 눈을 뜬 채로.

33

유미는 어렸을 때부터 어딜 가든 예쁘다는 소리를 들었다. 길을 걷다보면 많은 사람이 말을 걸었다. 길거리 캐스팅도 여러 번 받았고, 반에서 남학생들이 인기투표를 하면 늘 1등이었다.

처음엔 예쁘다는 말을 듣는 게 좋았다. 하지만 연달아 예쁘다는 말을 듣자 불안해졌다. 이런 생각이 든 것이다.

'나보다 더 예쁜 애가 나타나면 어떻게 되는 거지?'

유미보다 예쁜 아이가 나타난다, 그 아이가 자신보다 인기를 끈다, 그러자 모두들 유미에게 관심을 끊는다, 더는 유미에게 아무도 말을 걸지 않는다.

유미는 상상만 해도 두려웠다.

그날 이후, 유미는 누구보다 철저하게 자기 관리를 했다. 가장 신경 쓰는 건 몸무게였다. 학교에서는 친구들과 똑같이 밥을 먹어도 집에 돌아오면 미친 듯이 운동했다. 살이 조금만 쪄도 유미는 숨이 막힐 것 같았다. 이런 기분은 열한 살 때, 첫 생리가 시작된 후 더욱 심해졌다.

유미는 생리통이 심한 체질이다. 생리 직전이면 늘 몸이 붓는다. 그 때문에 몸무게가 2~3킬로씩 늘었다. 이 몸무게는 생리가 끝나면 다시 빠졌다. 하지만 유미는 잠깐 사이 늘어난 몸무게를 참을 수 없었다. 그 탓에 생리 때엔 평소보다 더 혹독하게 운동을 했다. 그러고는 생리를 시작해 몸무게가 평상시로 돌아오다 못해 더 빠지면 만족했다. 이런 노력에도 불구하고 결국 유미보다 예쁜 아이가 나타났다.

초등학교 5학년, 같은 반에 전학생이 왔다. 이름은 최희선.

유미는 그 아이를 보자마자 숨이 멎는 것 같았다. 어쩌나 예쁘던지 그 아이의 머리 뒤로 후광이 보일 정도였다. 유미는 졌다고 생각했다. 분명 이제 모든 아이들의 관심은 저 아이에게 향할 거라고 여겼다. 유미의 예상대로였다. 같은 반 친구들은 바로 전학생에게 관심을 보였다. 유미는 소외감을 느꼈다. 온몸에서 열이 났다. 머리가 너무 아팠다. 몸에 엄청난 통증이 일었다.

누군가 비명을 질렀다.

"선생님, 유미가 머리카락을 뽑아요!"

그 말에 유미는 자신의 통증이 기분 탓이 아니란 걸 깨달았다. 저도 모르게 머리카락을 한 움큼 뽑은 탓이었다.

선생님은 유미가 스트레스를 많이 받아 그랬다고 여겼다. 친구들과 가족 역시 유미를 불쌍하게 여겼다. 덕분에 유미는 전학생에게 쏠린 관심을 자신에게 돌릴 수 있었다.

그때 유미는 깨달았다. 누군가에게 관심이 쏠리면, 다른 식으로 '관심을 유발하면 된다'는 사실을.

이후 유미는 누군가가 자신보다 관심을 끌면 이상한 행동을 했다. 그러면 사람들의 관심은 다시 유미에게 돌아왔다. 얼마 지나지 않아 유미는 그보다 더 좋은 방법을 알아냈다. 그것 역시 전학생 덕이었다.

누구보다 관심을 받던 전학생이 얼마 안 가 은따가 됐다. 아이들은 전학생이 좀 예쁘다고 잘난 척을 한다며 싫어했다.

유미는 누구보다 전학생을 의식했다. 전학생의 일거수일투족을 눈으로 좇았다. 유미가 볼 때에 전학생은 처음 왔을 때와 전혀 달라진 게 없었다. 반 아이들이 달라졌다. 처음엔 전학생이 너무 예쁘다고 좋아하더니, 이제는 같은 이유로 재수 없다고, 잘난 척한다고 욕하고 있었다.

유미는 눈치챘다. 반 아이들 역시 자신처럼 전학생을 마음속 깊이 질투하고 있다는 사실을. 자신보다 관심을 받는 누군가가 나타나면 어떻게든 단점을 찾아내 자신보다 아래로 끌어내리려고 한다는 사실을. 유미는 안도했다. 자신의 질투가 잘못된 게 아니라는 사실에, 지금 이 순간 누군가를 따돌리고 싶은 기분이 인간의 본성이라는 사실에.

이후 유미는 자신보다 인기를 끄는 상대가 나타나면 주위의 반응을 관찰했다. 반 아이들의 호기심이 질투와 짜증으로 변하는 순간을 발견하면 절대 놓치지 않고 단숨에 상황을 역전시켰다.

설마 유경에게도 같은 일을 해야 할 줄은 몰랐다. 유경은 유미가 질투하기엔 한없이 레벨이 낮은, 유통기한 지난 삼각김밥 같은 아이였으니까.

그런 유경이 채준의 관심을 받을 줄이야.

지금껏 단 한 명도 특별히 대하지 않았던 채준. 그런 채준이 유경을 콕 집은 건 아무리 생각해도 이상했다.

'게다가 그 추천사는 뭐야? 채준이 유경에 대해 지나치게 많은 걸 알고 있잖아?'

유경이 한 말도 이상했다. 유경은 얼버무렸지만 그건 상대와 친하지 않으면 못 할 말이었다.

나리는 유경이 아침 일찍 등교하는 게 채준을 꼬시기 위해서라고 말했다. 유미는 나리가 또 안 좋은 버릇이 도졌다고 생각했다. 나리는 질투가 나면 있는 말 없는 말 지어내는 버릇이 있다. 채준도 눈이 있다. 촌티가 좀 빠졌다고 하더라도 삼김이다. 채준이 그런 유경을 좋아할 리 없다.

'하지만 정말 그럴까?'

최근 들어 유경은 눈에 띄게 예뻐졌다. 유미와 함께 다니면 예전보다 더 많은 사람들이 둘을 쳐다봤다.

그렇게 생각하고 나니 한 가지 마음에 걸리는 게 있었다.

'명품을 들 정도로 가정 형편이 좋은 아이가 왜 그렇게 촌스럽게 하고 다녔지?'

유미의 엄마는 어렸을 때부터 유미의 외모를 가꿨다. 여자는 예뻐야 한다고, 날씬해야 한다고 신신당부를 했다. 덕분에 유미는 어렸을 때부터 브랜드를 보는 눈을 키웠다. 유경의 엄마 역시 그러지 않았을까. 그러니 첫날부터 명품을 들고 학교에 온 것 아닐까. 그런 유경이 삼각김밥 같은 머리 스타일로 전학을 오는 게 과연 정상일까? 처음부터 모두 작정한 건 아니었을까?

유미는 이 모든 게 처음부터 유경의 계획이었다고 생각하고 다시 퍼즐을 짜맞춰봤다.

'전학생은 눈에 띄면 따돌림을 당한다. 그래서 일부러 촌스러운 척 했다면? 채준을 보자마자 찍은 후, 이 반에서 가장 예쁜 게 누군가 확인했다면? 나랑 친해지자 서서히 본모습을 드러내고, 내가 방심하자 채준에게 접근하려고 일찍 등교하기 시작했다면?'

증거는 더 있었다. 채준이 갑자기 결석을 하자 유경은 불안해 보였다. 또 오늘은 상당히 기분이 좋아 보였다. 같이 등하교를 하자고 했다가 다음 순간엔 오늘은 안 된다고 말했다. 어쩌면 둘이 방과 후에 만나기로 한 걸지도 모른다.

'아냐, 이건 지나쳤어.'

유미는 마음을 가다듬었다.

'유경에게 접근한 건 나야. 내가 먼저 가서 말을 시켰어.'

하지만 다음 순간이면 다시 의심이 샘솟았다. 그것마저 의도였을지도 모른다. 유미가 말을 시키도록 뭔가 장치를 꾸몄을지도 모른다. 왜냐하면 유미 자신이 늘 그래왔으니까.

확인이 필요했다. 다행히 유미에겐 이럴 때 '이용하기 좋은' 친구가 있었다. 유미가 펜을 들었다. 노트의 구석에 연필로 뭐라 적은 후 나리의 옆구리를 툭 쳤다. 나리는 수업에 집중하고 있다가 깜짝 놀라 유미를 쳐다봤다. 유미는 앞만 보며 슬그머니 노트를 옆으로 밀었다. 나리는 노트를 읽고 표정이

변했다. 환하게 웃으며 고개를 끄덕였다. 유미는 나리의 표정을 알아들었다는 뜻으로 받아들이고 낙서를 지웠다. 만에 하나의 경우를 위해서다. 증거 인멸은 빠를수록 좋은 법이다.

인터미션
해후하는 나리

유미가 나리에게 보여준 노트엔 이런 문장이 적혀 있었다.

삼김을 미행해.

나리는 너무 기분이 좋아 날아갈 것 같았다.

유미의 콩깍지가 벗겨졌다. 경도 아니고, 유경도 아니고, 삼김이라니. 이렇게 기분이 좋을 수 없었다.

나리는 이번 기회를 놓치지 않을 것이다. 반드시 유경의 안 좋은 점을 몽땅 알아낼 것이다. 유미에게서 완전히 떨어뜨릴 것이다.

아니, 반에서 살아남지 못하게 할 것이다.

나리는 유경의 일거수일투족을 관찰했다. 학교에서는 딱

히 이상하다 싶을 게 없었다. 학급 임원에 뽑힌 후 채준과 따로 둘이 여봐란듯이 이야기하지 않았다. 그래도 나리는 끈질기게 둘을 관찰했다.

방과 후에도 마찬가지였다. 나리는 유경을 미행했다. 유경은 학교를 나오자마자 한 손에 책을 들었다. 책을 보면서 아주 천천히 길을 걸었다. 그러다 갑자기 버스에 올라탔다.

나리도 유경을 따라 버스에 탔다. 만에 하나 유경의 눈에 뜨이면 어쩌나 걱정했지만, 유경은 무슨 책을 그렇게 열심히 보는지 눈치채지 못했다. 나리는 그 모습 역시 사진으로 찍어 두었다.

유경은 열 정거장이나 간 후 버스에서 내렸다. 그리고 골목에 들어가 한참을 헤매더니 한 빌라로 들어갔다.

나리는 왜 유경이 다른 동네에 있는 빌라에 들어가나 의아했다. 잘못 짚었나 찝찝해하면서 일단 유경이 들어간 빌라 안으로 들어갔다. 그랬다가 빌라 1층, 간판도 없는 분식점을 발견했다. 그 안엔 채준이 먼저 와 있었다.

채준은 유경을 보자마자 환하게 웃으며 손을 흔들었다. 유경은 그런 채준의 반대편에 앉더니 바로 포크로 삿대질을 했다. 채준은 그런 유경을 달래며 손을 맞잡았다. 이후 둘은 떡볶이를 나눠 먹으며 다정하게 대화했다.

나리는 흥분했다. 이 모든 것을 핸드폰 사진으로 찍었다.

"퍼펙트해."

이렇게 쉽게 '증거'를 찾아낼 줄 몰랐다. 이로써 유경은 끝이다. 다시 나리는 유미의 베프가 될 것이다.

최근 나리는 유미에게 섭섭했다. 예전에는 늘 자신하고만 이야기하고 잘해주던 유미가 2학년이 되자 달라졌다. 정원에 이어 유경에게 관심을 보였다. 나리에게 빈정대고 짜증을 냈다. 다른 아이들 앞에서 나리를 깔보는 말까지 했다.

나리는 유미가 그럴 때마다 너무 힘들었다. 언젠가는 대체 나한테 왜 이러느냐고 따지기도 했다. 그랬더니 유미는 말했다.

"나리야, 내가 가장 좋아하는 건 너야. 아이들이 그걸 눈치챌까봐 내가 다른 아이들 앞에서 널 안 좋아하는 척하는 거야."

"왜 들키면 안 되는데?"

"질투할까봐 그러지."

유미는 당연하다는 듯 말했다.

"너도 알잖아, 나 인기 많은 거. 그런 내가 너만 특별히 좋아하는 거 알면 애들이 가만있겠어? 바로 해코지하지. 생각 안 나? 1학년 때 너랑 나랑 친해지니까 지민이 뒤에서 네 험담하고 다녔잖아."

유미와 지민, 나리는 1학년 때도 같은 반이었다. 입학하고 얼마 지나지 않아 셋은 친해졌다. 하지만 얼마 지나지 않아 유미와 나리는 단짝이 됐고, 지민은 떨어져나갔다. 계기는 지민이 뒤에서 나리를 험담한 일이었다.

당시 유미는 '이건 비밀인데' 하며, 지민이 뒤에서 나리를 전세충이라고 욕하고 다닌다고 알려줬다. 너무 화가 난 나리는 바로 지민에게 가서 따졌다. 지민은 오히려 나리가 자신을 빌거라고 부르고 다닌다는 거 다 안다며 화를 냈다. 그렇게 둘은 완전히 틀어졌다.

"지민이 걔, 빌라 사는 주제에 아주 웃겼지. 그러면서 나보고 너 따돌리고 둘이 다니자고 했었잖아. 나는 그런 일을 방지하고 싶은 거야. 넌 내 소중한 친구니까."

나리는 유미의 말에 안심했다. 누가 뭐래도 역시 자신은 유미의 단 하나밖에 없는 절친이 분명했다.

이 사진을 보내면 더더욱 그 자리는 굳어지리라.

나리는 바로 유미에게 사진을 전송했다.

6막

.
.
.
.
.
.
.
.

무대광풍

34

"아까 대체 뭐야?"

유경은 떡볶이집에 들어가자마자 소리 질렀다. 채준은 벌써 혼자 떡볶이와 순대를 먹고 있었다. 유경을 보자마자 잽싸게 포크로 떡볶이를 찍어 입에 넣은 후 양손으로 박수를 쳤다.

"축하한다, 부반장! 떡볶이는 부반장이 쏴라!"

"그게 무슨 소리야!"

유경이 채준의 맞은편에 앉아 포크를 손에 들었다. 포크로 채준에게 삿대질하며 말했다.

"떡볶이는 네가 쏴야지! 세 달 연속 반장!"

"알았어, 알았어."

채준은 포크를 쥔 유경의 손을 잡아 내리더니 말했다.

"슬러시는 오빠가 쏠게."

"누구 맘대로 오빠냐? 슬러시는 오렌지맛이다!"

"알았다니까 그러네."

"그래서 아까 그건 대체 뭐냐고!"

유경은 채준이 잡은 손을 휙 뿌리치며 다시 소리쳤다.

"왜 갑자기 날 부반장 만든 건데? 내가 얼마나 진땀 났는지 알아?"

"배려잖아, 배려."

채준은 다시 떡볶이를 쩝쩝거리며 말을 이었다.

"네가 다른 사람 시선을 엄청 신경 쓰는 타입인 거 같더라고. 오늘만 해도 이야기 잘하다가 애들 올 시간 되니까 갑자기 눈치 봤잖아."

"그, 그건 당연한 거잖아!"

"뭐가 당연하냐? 이야기할 수도 있지!"

"너 정채준이야, 정채준!"

유경이 다시 포크로 채준을 가리켰다.

"2학기 전교 학생회장 선거에서 당선이 확실한 정채준! 전교생, 특히 여학생들의 인기를 한 몸에 받는 인기폭발 정채준! 그런 정채준이랑 좀 친하다 싶으면 그대로 아웃이라고! 이 상황이 아직도 이해가 안 되니?"

"너 그러다 이 몸의 잘생긴 눈 찌르겠다?"

유경이 움찔해서 포크를 손에서 내렸다.

"하도 눈치를 보니까 부반장으로 밀어줬잖아. 이제 부반장이니 얼마든지 교실에서 말 시켜도 되지 않겠냐?"

"어휴, 내가 너 때문에 얼마나! 아 진짜. 됐고, 대체 왜 이런 애가 인기가 많은지 모르겠네."

"외모지."

채준이 시큰둥하게 말했다.

"잘생겼으니까 좋아하는 거야. 나도 그 인기에 보답하려고 열심히 하다보니 정말 점점 잘나져 1등병에 걸렸고. 은유미도 나랑 똑같잖아."

"유미?"

"그래, 은유미. 걔도 아마 어렸을 때부터 예쁘단 말 질리도록 들었을걸? 예쁘단 말 못 들으면 큰일 나는 줄 알고 아등바등 살았을걸?"

"의문형?"

"뭐가?"

"네 말, 모두 의문형이잖아."

"잘 모르니까. 그게 왜?"

"너랑 유미랑 소꿉친구라고 들었는데?"

"누가 그래?"

"유미가."

"아닌데?"

"엥? 유미는 네가 소꿉친구랬어. 너랑 엄청 친하다고 사귈 거랬는데?"

"헐?"

채준은 잠시 어이없다는 표정을 짓더니 유경에게 말했다.

"그러고 보니 너 요즘 은유미랑 거리 두고 있지?"

"어떻게 알았어?"

"자꾸 보니까 알겠던데?"

채준이 이상하게 쑥스러워했다.

"아무튼 그 이유가 뭐야?"

"비밀 지켜줄 수 있어?"

"내 가장 큰 비밀도 네가 알잖아."

"네 비밀이 뭔데?"

"『유리가면』 보는 거."

"그게 비밀이었냐?"

"책 읽으면 선비질 진지충 소리 나오잖아. 게다가 난 무려

발간된 지 사십 년이 넘은 순정만화 본다. 그래서 내가 아침 일찍 등교해서 몰래 보는 거다. 그것도 반드시 태블릿으로만. 혹시 누가 보면 웹툰 본다고 둘러대려고."

"그걸 나한테는 왜 말한 거?"

"그야 너는……."

채준이 또 한 번 쑥스러운 표정을 지었다.

"그냥 뭐, 너는 뭔가 다른 거 같았어."

"알았어. 그러면 꼭 비밀 지켜야 한다."

유경은 잠시 망설이다가 공책을 내밀었다. 일전에 아빠가 칭찬했던 첫 소설을 채준에게 보여줬다. 채준은 잔뜩 집중해서 읽은 후 말했다.

"이거 설마, 우리 반 이야기야? 여기 나오는 혜리가 은유미? 정말? 너 은유미한테 돈도 뜯긴 거야?"

"아니 뜯긴 정도는 아니고. 그냥 밥 사 주고 그런 거지, 뭐."

"그게 빵셔틀이랑 뭐가 달라? 와 미쳤다, 정말"

채준은 어이없다는 표정을 지으며 노트를 한참 보더니 다시 말했다.

"은유미, 이름은 아유미랑 비슷하면서 하는 짓은 완전 오토베네?"

"그게 뭐야?"

"오토베 노리에. 14권에 등장하는 악역 기억 안 나?"

"아! 노리!"

유경은 바로 『유리가면』의 한 장면을 떠올렸다.

마야가 티브이 사극에 출연한다. 그런 마야에게 동갑 여자아이가 친한 척을 한다. 그 아이의 이름이 오토베 노리에, 일명 노리다.

노리는 구마모토에서 올라온 촌스러운 모습의 여자애다. 마야에게 지나치게 친한 척을 하며 쫓아다니더니 언젠가부터 마야의 매니저를 자처한다.

알고 보니 노리는 마야의 역할을 뺏기 위해 접근한 것이었다. 노리의 노림수는 나날이 집요해진다.

"너 괜찮은 거지? 만에 하나 무슨 일 생기면 꼭 나한테 말해야 한다, 알았지?"

채준이 진지한 표정으로 말했다.

"뭐야, 갑자기 왜 이래?"

유경은 그런 채준이 어색했다. 당황해 웃으며 대꾸했다.

"내가 왜 너한테 말을 해야 하는데?

"말해. 나 진지해. 알았지?"

"알았어."

"그럼 됐어. 어서 떡볶이 마저 먹자."

채준은 아무 일 없었다는 듯 다시 떡볶이를 먹었다.

하지만 유경은 어쩐지 그럴 수 없었다. 묘하게 갑자기, 채준이 신경 쓰였다.

35

유미는 나리가 보낸 사진을 보자 손이 덜덜 떨릴 정도로 화가 났다. 유경을 의심하면서도 한편으로는 믿고 싶은 마음도 있었다. 그만큼 유미는 유경의 조건이 마음에 들었다. 하지만 증거가 나온 이상, 이제 자비는 없다. 유미는 나리에게 메시지를 보냈다.

> **유미** 새 단톡방 만들어.

> **유미** 우리 반 여학생 모두 초대해.

> **유미** 그 방에 이 사진 올려.

바로 단톡방이 생성됐다. 유경을 제외한 2학년 1반 여학생 모두가 초대됐다. 나리가 채준과 유경의 사진을 올렸다.

메시지가 마구 올라오기 시작했다.

> 뭐야 이거?

> 미친?

> 돌았어?

> 채준이가 왜?

단톡방의 인원이 폭발적으로 늘어났다. 처음에는 2학년 1반 여학생뿐이었지만 30분이 지나자 98명이 됐다. 여학생들은 물론 남학생들도 초대받아 들어오면 다들 'ㅋㅋㅋ'와 '둘이 사귀나?' 같은 소리를 했다.

유미는 단톡방 인원수를 카운트했다. 정확히 100명이 됐을 때, 손가락을 움직였다. 나리에게 메시지를 보냈다.

> **유미** 단톡방에 이렇게 올려.

> **유미** 삼김이 전학 오고 얼마 안 가서 나한테 접근했고, 미용실 데려가달라고 했다고. 물건 사는 것도 다 따라 하더니 촌티 빼고 나서 갑자기 거리를 뒀고, 아침 일찍 등교하더니 채준이랑 친해진 거라고. 채준이 1등 등교생인 거 알고 노린 거라고. 그러더니 부반장 추천받고 저렇게 된 거라고.

> **나리** ㅇㅇㅇㅇㅇ

나리는 유미의 말을 그대로 단톡방에 옮겼다.
바로 아이들이 흥분했다.

> 미친 거 아냐?

> 노렸네, 노렸어.

레알 소름 돋.

반신반의하는 아이들도 있었다.

나 윤유경이랑 이야기해봤는데 괜찮던데.

아빠 사인도 받아다줬음.

우리 학교에서 사인회도 해준다 하지 않았음?

유미는 여기서 한마디 더 할까 고민했다. 하지만 말을 잘
못하면 괜히 유경을 공격한다는 이미지를 줄 수 있었다. 이럴
때엔 제삼자가 대신 말을 하는 게 나았다. 유미는 나리에 이어
정원에게도 따로 메시지를 보내 명령하기로 마음먹었다. 그
렇게 손가락을 놀리려는데 예상치 못한 메시지가 올라왔다.

예리 나 이거 보고 소름 돋.

예리 채준이 말했음. 자기도 사실 취미가 독서라고.

예리 **그런데 애들이 이상하게 볼까봐 아침에 온댔음.**

예리?

유미가 전혀 모르는 아이가 갑자기 흥분해서 메시지를 쏟아냈다. 게다가 예리는 유미도 모르는 채준에 대한 정보를 많이 알고 있었다.

예리 **문제는 채준이 보는 만화가 『유리가면』이라는 거임.**

예리는 방금 전 나리가 올린 사진의 확대 컷을 올렸다. 버스에서 유경이 책을 읽는 모습이었다. 그 확대 컷에는 유경이 손에 든 만화책의 제목이 또렷하게 찍혀 있었다.

예리 **보임? 『유리가면』.**

예리 **작정하고 노린 거 맞. ㅇㅇ**

예리의 말에 거의 동시에 욕설이 쏟아졌다.

유미는 웃음이 쏟아졌다. 유경은 유미의 예상보다 훨씬

많은 반감을 사고 있었다.

세상에 자신보다 눈에 띄는 사람을 좋아하는 사람은 없다. 삼김은 그 선을 너무 많이 넘었다.

이제 마지막 한 방만 남았다.

유미가 직접 움직일 차례였다. 유미는 거실 창문 앞에 섰다. 창밖을 내다봤다. 삼김이 나타나면 재빠르게 나가 공격할 셈이었다.

한 시간이 지나도록 유미는 꼼짝도 하지 않았다. 눈을 부릅뜬 채 밖만 내다보았다.

오래 서 있으니 다리가 아팠다. 눈을 계속 뜨고 있었더니 뻑뻑하고 쑤셨다. 그래도 유미는 이 행동을 멈출 수 없었다.

유미는 즐거웠다.

36

유경은 기분 좋게 채준과 헤어졌다.

처음 부반장에 당선되었을 때는 영 찝찝했다. 하지만 채준과 이야기를 계속하자니 뭐 어떨까 싶었다.

물론 마음에 걸리는 건 있었다.

유경이 부반장에 뽑힌 후, 유미는 유경을 향해 단 한 번도 웃어 보이지 않았다. 계속 눈을 동그랗게 뜨고 유경을 노려보았다.

이후 유경은 어딜 가든 누가 자신을 쳐다보는 듯한 기분이 들었다. 아까 분식점에서만 하더라도, 유경은 어디서 '찰칵' 소리가 난 것 같았다.

'이러지 말자. 기분 탓, 기분 탓.'

유경은 애써 찝찝한 기분을 넘겼다. 무엇보다 자신이 부반장이 된 사실을 알면 아빠가 얼마나 기뻐할까 싶었다. 유경은 콧노래까지 흥얼거리며 집으로 향했다.

그런데 집 앞 벤치에 유미가 앉아 있었다. 유미는 아직도 교복 차림이었다. 게다가 가방까지 들고 있었다. 집에 안 들어간 것 같았다.

"유미, 너 여기서 뭐 해?"

"기다렸어."

유미가 벤치에서 일어났다. 유미가 고개를 들고 유경을 바라보았다. 유미의 키가 167센티인 유경보다 조금 작다보니 살짝 올려다보는 듯한 형태가 됐다.

"나한테 할 말 없어?"

"어, 없어."

"정말 없어?"

유미가 눈을 부릅떴다. 오늘 학교에서 내내 보여준 그 표정을 지었다.

"경, 정말 없어?"

유경은 가슴이 두근거렸다. 사실은 채준과 친하다고, 방금 전에도 떡볶이도 먹고 왔다고 말해야 할 것 같았다.

"정말, 없냐고."

하지만 그럴 수 없었다. 그 말을 했다가는 유미가 태도를 바꿀 게 분명했다.

아까 채준도 노트를 보더니 말하지 않았나. 유미는 오토베과라고. 그런 유미가 채준과 유경이 친하다는 사실을 알면 어떻게 나올지 몰랐다.

"어, 없어."

결국 유경은 거짓말을 했다.

"내가 숨길 게 뭐가 있겠어?"

유미는 유경을 빤히 바라보았다. 이까지 앙 물었다. 그러더니 다음 순간 피식 웃으며 말했다.

"알았어."

유미가 손을 내밀어 악수를 청했다.

"앞으로 잘 부탁한다."

유경은 유미의 손을 맞잡았다. 표정은 그렇지 않았지만 일단은 어떻게 넘어간 것 같았다.

"삼김."

그런데 이상한 호칭을 불렀다. 삼김은 나리가 몰래 유경을 부르는 별명이었다. 그러고는 몸을 돌렸다. 핸드폰을 들고 뭔가 꼼지락거리는가 싶더니 자신이 사는 앞 동으로 들어갔다.

다음 순간, 유경의 핸드폰에 메시지가 도착했다.

죽어.

유경은 이게 뭔가 싶었다. 그런데 이상하다고 생각할 틈도 없이 다시 메시지가 이어졌다.

모르는 번호에서 같은 메시지가 연달아 오고 있었다. 거의 동시에 유경은 단톡방에 강제로 입장됐다. 정체를 알 수 없는 아이들에게서 각종 욕설이 쏟아졌다. 유경은 놀라 단톡방을 퇴장했지만, 얼마 안 가 다시 초대됐다.

유경은 카톡 알람을 껐다.

그러자 이번엔 메시지 폭탄이 쏟아졌다. 방금 전과 마찬가지로 그룹 메시지에 강제로 끼였다.

대체 뭐가 어떻게 되어가는 건지 알 수 없었다. 마음에 걸리는 것은 방금 전 유미의 태도였다. 역시 유미는 채준과 유경이 친하게 지낸다는 사실을 눈치채고 배신감을 느꼈을지도 모른다.

'지금이라도 제대로 이야기를 해야 할까.'

하지만 용기가 나지 않았다. 아까 유미의 표정이 너무 무서웠다. 유경은 유미와 만나 이야기하는 일을 내일, 학교에서 하기로 미뤘다.

동시에 생각난 건 채준이었다. 채준은 무슨 일이 생기면 반드시 연락하라고 했다. 유경 생각에도 채준이 도움을 줄 수 있을 것 같았다. 문제는 연락할 방법이 없었다. 컴퓨터를 켜면 다시 메시지 폭탄이 터지리라. 컴퓨터를 켜서 SNS에 접속하는 방법도 있었다. 하지만 실수로라도 쏟아지는 욕설을 봤다가는 버티지 못할 것 같았다.

결국 유경은 채준과 연락하는 것 역시 내일로 미뤘다.

37

다음 날 유경은 평소처럼 일찍 일어났지만 바로 학교에 갈 수 없었다. 어제 받은 문자메시지며 단톡방 메시지가 두려운 탓이었다.

유경은 반 아이들이 등교하는 시간에 맞춰 학교로 향했다.

그렇게 도착한 학교.

반 전체가 지나치게 조용했다. 아무도 유경에게 말을 시키지 않았다. 채준마저도 경직된 표정으로 유경을 흘깃거릴 뿐이었다.

아이들의 표정에서 유경은 다시 한번 핸드폰으로 날아든 막말을 떠올렸다. 유경은 겁에 질렸다. 하지만 이대로 가만히 있을 수는 없었다. 어제 결심한 대로 유미에게 다가갔다.

"저기, 유미야. 이야기 좀……."

유미는 유경이 말을 끝내기도 전에 자리에서 일어났다. 나리에게 뭐라 귓속말을 한 후 함께 교실 밖으로 나갔다. 유경은 유미와 나리를 따라갈까 하다가 참았다.

강제로 초대된 단톡방. 나리는 유경이 들어오자마자 기다렸다는 듯 욕설을 퍼부었다. 지금 따라갔다가는 그 일이 되풀이될 것 같았다.

유미와 나리는 수업 시작종이 치도록 돌아오지 않았다. 2교시 쉬는 시간에도 마찬가지, 나리는 유미에게 찰싹 붙어 떨어지지 않았다.

3교시는 음악 시간이었다. 음악은 음악실에서 수업한다.

유경은 교과서와 노트 등을 챙겨 자리에서 일어났다. 이번에 야말로 유경은 유미에게 말을 붙이려고 했지만 이미 유미는 나리와 함께 교실을 나서고 없었다.

유경은 서둘러 음악실로 향했다.

평소 유경은 유미 그룹과 함께 음악실로 가서 두 명씩 짝을 지어 앉는다. 유경은 유미와 나리, 정원과 늘 함께 앉았다. 그런데 이날은 가보니 유미가 나리와 함께 앉아 있었고, 정원은 다른 그룹의 아이와 짝을 지은 상태였다.

수업 준비종이 쳤다. 유경은 새로운 짝을 찾아야 했다. 딱한 곳, 빈자리가 있었다. 평소 별로 대화를 한 적이 없는 같은 반 여자아이 나예리의 옆자리였다.

"여기 앉아도 돼?"

예리는 대답하지 않았다. 유경은 머뭇거리다 의자를 빼서 앉으려고 했다. 그러자 예리는 의자를 꽉 잡더니 다시 집어넣었다.

"자리 있어."

시작종이 쳤다. 유경은 급히 어디든 앉아야 했다. 당황해서 주변을 두리번거리다가 제일 뒷자리에 혼자 앉았다.

선생님이 들어왔다. 선생님은 맨 뒷자리에 혼자 앉은 유경을 보더니 말했다.

"왜 거기 혼자 앉았어? 여기 빈자리 와서 앉아."

선생님은 예리의 옆자리를 가리키며 말했다. 유경은 거절 당했다고 말할 수 없어 머뭇거리다가 그 자리로 다가갔다. 예리가 의자를 빼줬다. 유경이 고개를 살짝 숙인 후 의자에 앉았다.

꽈당.

예리가 의자를 너무 뒤로 뺀 것이다. 유경은 그대로 바닥에 주저앉고 말았다.

"바보 같아."

"촌스러워."

"삼김."

몇몇 아이들의 웃음소리와 비아냥이 흘러나왔다. 단톡방에서 본 말들이었다.

유경은 어제 제대로 잠을 못 잤다. 아침도 먹는 둥 마는 둥 했다. 갑자기 어지러웠다. 속도 안 좋았다. 눈앞이 빙그르르 도는 것 같더니 그대로 쓰러지고 말았다. 정신을 잃기 전, 유경이 마지막으로 본 것은 자신을 뚫어져라 쳐다보는 유미의 유독 커다란 두 눈이었다.

38

결국 유경은 조퇴했다.

담임선생님은 음악실 소동 이야기를 들은 후 바로 조퇴를 허락했다. 보호자가 오지 않아도 되겠느냐고 묻기까지 했다.

유경은 거절했다.

"아빠는 주무실 시간이에요."

아빠는 주로 밤을 새워 일하기 때문에 유경이 학교에 간 시간에 잤다. 담임선생님은 유경의 말을 듣고 조심해서 들어가라며 학교 현관까지 따라 나와줬다.

집으로 돌아가는 내내 유경은 혼란스러웠다.

하지만 혼란보다 두려운 건 유미가 자신을 보며 짓던 표정이었다. 뚫어져라 유경을 노려보던 유미의 눈. 그 눈에는 어떻게도 숨길 수 없는 증오가 담겨 있었다.

'어떻게 하면 좋지.'

'전학을 가야 하나.'

'아니면 엄마한테 갈까.'

유경은 두려웠다. 대체 어떻게 해야 이 상황을 빠져나갈 수 있을지 알 수 없었다. 유경은 육교를 지날 즈음에야 비관적인 생각에서 조금 벗어났다. 이곳에서 소설의 아이디어를 떠올린 일과 채준과 친해진 일이 떠오른 덕이었다. 무슨 일이 있으면 꼭 연락하라고 했던 채준. 유경은 자신을 염려하던 채준의 표정을 떠올리자 마음이 따뜻해졌다.

'학교에서는 알은척을 하지 않았지만 분명 그럴 만한 이유가 있었을 거야.'

'난 채준을 믿어.'

'마음을 다잡자. 어떻게든 될 거야.'

유경은 심호흡을 하며 천천히 걸었다. 조금씩 주변이 보이기 시작하면서 비관적이기만 했던 생각이 조금씩 긍정적인 쪽으로 방향을 잡고 나아갔다.

그러다 떠올린 건 전학하고 얼마 지나지 않아 있었던 일이었다. 처음 나리가 유경에게서 냄새가 난다며 화장실에서 떠밀었을 때, 유경은 다른 아이들처럼 되려고 안간힘을 쓰다가 오히려 자신을 잃었다. 그리고 지민의 모습에서 죄책감을 느껴 인생 최초의 소설을 쓰고 나서야 정신을 차릴 수 있었다.

'결국 글이 날 도와준 거네.'

'이번에도 글을 쓰면 나아질까.'

생각해보면 언제나 그랬다.

엄마와 단둘이 살던 초등학교 시절, 덩그러니 혼자 남을 때면 유경은 늘 글을 썼다. 그러면 시간이 금방 흘렀다.

지금 이 순간도 그럴 것 같았다. 글을 쓰면 이 순간이 지나리라. 가슴이 미친 듯이 뛰는 기분, 공포, 분노, 두려움, 억울함, 이 모든 게 금세 지나갈 것 같았다.

마야도 그랬다.

마야는 괴로운 기분이 들면 대본을 들여다봤다. 연극 속 등장인물이 된 순간만큼은 괴로운 현실을 잊을 수 있었다. 그건 마야가 배우로 살아가는 원동력이 되었다.

39

집에 돌아와보니 예상대로 아빠는 자고 있었다. 유경은 방으로 들어가 바로 노트를 폈다. 심호흡을 크게 한 후, 펜을 들고 글을 쓰기 시작했다.

유미가 나를 삼김이라고 불렀다. 설마 유미도 나를 뒤에서 삼김이라고 불렀나? 유미가 나에게 죽으라고 말한다. 그 직후 핸드폰에 메시지 폭탄이 온다. 모두 나에게 죽으라고 말한다. 역시 모두 유미의 짓인가.

쉽지 않았다. 몇 문장 적고 나면 바로 유미의 눈, 연이어 "죽어."라고 말하던 표정이 떠올랐다. 그러면 유경은 집중력이 깨졌다. 다시 노트를 들여다보면 문장이 이상해 보였다. 성에 차지 않아 지우려 했다. 그런데 지우개를 드는 순간 멈칫했다.

'마야라면 어땠을까?'

『유리가면』을 본 후 유경은 모든 걸 마야의 시점에서 생각하는 버릇이 생겼다. 왕따를 당해 괴로운 순간에도 예외는 없었다.

'마야라면 지우지 않았을 거야. 마야는 이것도 자신의 일부분이라고 인정했을 거야. 모든 경험은 연기가 되니까.'

유경은 꾹 참고 다시 문장을 이어나갔다. 집중이 되지 않아도 어쩔 수 없다, 그렇게 생각하며 쓰는 일을 계속하자고 자신을 타일렀다.

6막 무대광풍

난 그냥 글을 쓰고 싶었을 뿐이야. 스스로 납득할 수 있는 글을. 우연히 채준이를 만나지 않았다면 이런 일은 없었어.

그래, 모든 건 채준이를 알고 나서 시작됐어.

채준이는 알면 알수록 이상한 애야. 보통 남자애가 순정만화를 보면 창피해하지 않나? 어떻게 그렇게 쓸데없이 당당하지?

채준을 생각하자 마음이 한결 편안해졌다. 자연스레 유경의 이야기는 그 전에 있었던 일로 돌아갔다.

결국 채준이를 만난 건 지난번 글을 적고 느낀 감정 때문이었어. 나는 더 좋은 글을 쓰고 싶었어. 다시 한번 카타르시스를 느끼고 싶었지. 그래서 아빠한테 카타르시스를 느끼는 방법에 대해 물었어.

"유경이 가끔 만화나 소설을 보면 엄청나게 재미있다고 느낄 때 있지? 그런 기분을 카타르시스라고 표현한단다. 작가는 글을 쓸 때 그런 기분을 경험하기도 해."

"아빠도 자주 느껴?"

"아니."

아빠는 한숨을 쉬었다.

"도통 못 느껴서 늘 마감에 쫓기지."

이 이야기를 하는 순간에도 아빠는 마감에 쫓기고 있었다.

"그래서 늘 너한테 노트를 보여달라고 조르는 거고."

아빠는 다시 데스크톱 화면에 시선을 고정했다.

나는 카타르시스를 느끼고 싶다고 생각하면서도 정말 그게 가능할까 싶었다. 아빠의 말대로 카타르시스라는 걸 느끼려면 그때처럼 '소설'을 써야 그나마 가능성이 클 것 같았다. 문제는 대체 그 소설이라는 게 뭔지 잘 모르겠다는 사실이었다.

얼결에 적은 글이었다. 혼란스러운 기분을 정리하기 위해서, 지금 상태에서 앞으로 나아가기 위해서 쓴 글을 소설이라고 인정받았을 뿐이다. 작정하고 소설을 쓰려면 대체 어떻게 해야 할지, 전혀 짐작할 수 없었다.

그래도 일단 썼다. 쓰는 것 외에 내가 할 줄 아는 것은 없었으니까. 그러다보면 언젠간 소설을 쓸 수 있으리라는 생각을 하며.

어느새 유경은 다시 소설의 형식으로 글을 쓰고 있었다. 하지만 유경은 그런 사실을 눈치채지 못했다. 너무나 자연스레, 글쓰기에 빠져들고 있는 탓이었다. 마야가 등장인물의 가면을 쓰듯 유경은 작가의 가면을 쓰는 데 성공했다.

글은 시간 순서대로 흘러 오늘 일로 돌아왔다. 유경은 유미와 눈을 마주친 직후에 느꼈던 감정을 있는 그대로 적었다.

이러다 내가 정말 죽으면 어쩌려고? 내가 죽으면 그걸로 만족하는 거니? 대체 혜리는 나한테 뭘 원하는 거지? 이렇게까지 해서 혜리가 원하는 건…….

그러다 펜이 멈췄다. 이번에 펜이 멈춘 것은 두려움 때문이 아니었다.

알 수 없었다.

유미가 유경을 왕따시켜 얻는 게 무엇일지, 대체 뭘 원해서 이런 행동을 하는지, 유경은 그걸 알 수 없었다.

어떻게 하면 유미의 마음을 알 수 있을까?

『유리가면』을 떠올리면 답은 간단했다. 마야는 등장인물에 몰입하기 위해 다양한 공부를 하고, 그가 했을 법한 삶을 살았다. 그렇게 등장인물의 가면을 썼다.

유경 역시 그렇게 해야 했다. 유미가 왜 유경을 왕따시키려고 하는 건지, 대체 왜 이런 행동을 해야 하는 건지, 이 왕따가 어떻게 시작되어 어떻게 흘러가는가, 그 모든 것을 확실하게 하려면 지금 유경이 해야 할 일은 단 한 가지뿐이었다.

'유미의 입장에서 모든 걸 들여다봐야 해.'

유경이 핸드폰을 손에 들었다. 알람을 꺼두었던 문자 폭탄과 단톡방을 켰다. 유경은 심호흡을 크게 하고 카카오톡에 접속했다.

다행히 단톡방의 스크롤은 더 이상 올라가지 않고 있었다. 하지만 밀린 글이 어마어마했다. 유경은 새 글 숫자를 보는 것만으로도 다시 어지러웠다.

'난 할 수 있어.'

'유미의 가면을 쓸 수 있어.'

'난 유미가 될 거야!'

유경은 다시 한번 숨을 고른 후 단톡방을 들여다봤다. 어떤 아이들이 자신에게 막말을 퍼부었는지 꼼꼼하게 분석했다.

처음 단톡방에 막말이 쏟아질 때엔 두려웠다. 지금도 두렵긴 마찬가지였다. 하지만 이 단톡방은 어디까지나 소설의 재료라는 생각을 반복하자 조금씩 나아졌다. 또 생각만큼 심하지는 않았다. 처음 온 "죽어."라는 메시지에 너무 겁을 먹었던 모양이다.

단톡방에서도 그런 메시지가 가득 차 있을 줄 알았다. 그런데 다시 보니, 그 정도로 심한 욕설을 퍼붓는 건 나리와 예

6막 무대광풍

리뿐이었다. 나머지는 대부분 나리가 하는 말에 놀란 이모티콘을 보내거나 아무 말도 없다가 그냥 방을 나가버렸다. 그렇게 방을 나간 아이들의 숫자는 열 명이 넘었다. 그중에는 채준과 지민도 있었다.

유경은 채준과 지민의 이름을 보고 안심했다. 유경 역시 바로 방을 나갈까 하다가, 그 사실을 눈치챈 누군가가 다시 초청을 하고 욕설을 더 심하게 쏟아내면 곤란하므로 일단 그대로 뒀다.

다음으로 문자메시지를 확인했다. 메시지함 역시 상황은 비슷했다. 유경에게 "죽어." 메시지를 연달아 보낸 건 대부분 나리였다. 그리고 전혀 모르는 번호들이 열 개 넘게 있었다. 처음 유경은 이 모르는 번호들이 모두 반 친구들일 거라고 생각해 두려웠다. 하지만 단톡방의 분위기를 보자면 아닐 가능성도 있었다.

유경은 아까보다 더 침착해졌다. 단톡방을 나간 아이들은 유경의 이야기를 들어줄 가능성이 높았다. 채준은 물론이고, 지민도 가능성이 높았다. 특히 지민은 1학년 때 은따를 당했다. 어쩌면 지민은 이 상황을 누구보다 잘 이해하고, 왕따에서 벗어날 타결책을 알고 있을지도 모른다.

하지만 어떤 식으로 대화를 트면 좋을까.

평소 유경은 유미 그룹 외에는 거의 대화를 하지 않았다. 지민은 일전 독서 사건으로 더욱 껄끄러워진 데다 최근에는 부반장 선거에 같이 입후보한 라이벌 사이이기도 했다. 그런 지민에게 갑자기 전화해서 이 상황에 대한 상담을 하면 황당해할 것 같았다.

한참 망설이는데 밖에서 인터폰 벨 소리가 났다. 유경은 나가지 않았다. 유경의 집에는 벨을 누르고 찾아올 만한 사람이 없었다. 잡상인일 가능성이 높았다.

"여보세요."

방 밖에서 아빠의 목소리가 났다. 자다 깬 모양이었다. 유경은 조금 미안해졌지만 일단 모른 척했다. 그보다는 지민과 어떻게 연락을 해야 할지가 문제였다.

곧 문이 열리고 아빠가 얼굴을 들이밀었다.

"우리 딸 조퇴했다며. 많이 아파?"

"어떻게 알았어?"

"반장이 숙제를 전해주러 왔다는데. 뭐, 피치세트라도 시켜줄까?"

반장이라면 채준이었다.

'역시 채준이는 내 편이야!'

유경은 금세 얼굴이 환해졌다. 고개를 크게 끄덕이며 "피치세트! 무 많이!"를 외쳤다.

곧 현관 벨을 누르는 소리가 났다. 유경은 신이 나서 문을 열었다.

"혹시 너 꾀병이냐?"

채준이 평소와 같이 짓궂게 말했다.

"그러게, 꾀병인 거 같은데."

"내 말이."

지민과 정원이 채준의 말에 맞장구쳤다.

40

채준과 정원, 지민은 다 같이 유경의 방에 들어갔다. 문이 닫히고 잠시 어색한 침묵이 흘렀다.

"학교에서는 못 도와줘서 미안해."

가장 먼저 입을 연 건 채준이었다.

"지민이가 너랑 친한 거 보여주면 유미가 더 심한 짓을 할 수 있다고 그래서."

"미안하게 됐다."

지민이 딱딱하게 굳은 얼굴로 유경에게 말했다.

"네가 쓰러질 정도였다면 차라리 채준이보고 도우라고 하는 게 나았겠어. 내 판단 미스였다."

"아, 아니야. 네 말이 맞아."

유경이 당황해 말했다.

"채준이가 나랑 친한 척했으면 더 심했을 거야. 나라도 그랬을 거야."

이 말에 지민의 표정이 조금 부드러워졌다.

"고마워, 이해해줘서."

"나야말로 와줘서 고마워."

둘은 서로를 보고 쑥스럽게 웃었다.

"피치세트 왔다!"

그와 거의 동시에 다시 방문이 열렸다. 마치 방 밖에서 다 듣고 있었던 것처럼 기가 막힌 타이밍으로 아빠가 피자와 치킨을 들고 나타났다.

"맛있게들 먹어, 맛있게."

유경은 영 찝찝한 표정으로 아빠를 바라봤지만 확실한 건 알 수 없었다.

"유미랑 나리는 2학년 되어서야 같은 반이 됐어."

아빠가 나가고 얼마 안 가 본론에 들어갔다. 가장 먼저 유미 이야기를 꺼낸 건 평소 말수가 없는 정원이었다.

"그전까지는 모르던 사이야. 유미는 늘 나한테 잘해줬어. 문제는 나리야. 나리가 유미랑 친하게 지내면 가만히 안 둔다고 날 협박했어. 하지만 그렇다고 유미가 무슨 죄가 있는 건 아니잖아. 유미는 계속 잘 대해주는걸. 나리가 유미가 보는 앞에서 나한테 막 대하면 유미가 늘 대신 방어해줬어. 그게 고마워서 유미한테 친절하게 대하면 나리는 더 화를 내고. 그게 반복되던 중 네가 전학 온 거야."

유경이 전학을 오자 유미는 정원에게 관심을 끊었다. 자연스레 나리도 더는 정원을 뒤에서 괴롭히지 않았다.

이후 나리는 유경을 타깃으로 잡았다.

유경도 기억이 났다. 전학 오고 얼마 지나지 않아 나리가 화장실에서 유경을 괴롭혔다. 유미는 눈치 빠르게 그 사실을 알고 유경에게 더 잘해주었다.

"유경이 너한테는 미안했지만 솔직히 한시름 놨어. 이젠 나리가 나 아니고 너 괴롭히는 거 같아서. 또 유미 만나는 게 부담스럽기도 했고."

"어떻게 부담스러워?"

"그러니까……."

정원은 잠시 머뭇거린 후 다시 입을 열었다.

"어떻게 설명해야 할지 잘 모르겠는데, 뭔가 되게 찝찝해. 유미랑 이야기하다가 정신을 차려보면 꼭 남에 대해 험담을 하고 있더라고. 그런 이야기는 하고 싶지 않은데 계속하게 되고, 또 늘 내가 돈을 내고."

"호구가 된 기분이지?"

지민이 끼어들었다.

"유미를 만날 때면 늘 돈을 내고 있지? 그리고 유미의 말은 모두 들어줘야 할 것 같고?"

지민은 치킨을 거칠게 한 입 뜯어먹었다. 콜라도 한 모금 마신 후 우물거려 삼키더니 말했다.

"유미는 여왕벌이야."

"여왕벌?"

"개미나 벌은 여왕을 모시지."

채준이 말했다.

"일개미나 일벌은 기꺼이 여왕을 위해 죽어."

"그래, 그 여왕벌을 말하는 거야. 유미는 바로 그 여왕이 되고 싶은 거 같아. 모두를 자기 밑에 두고 싶어 하는 여왕 말이야. 나 1학년 때부터 나리, 유미랑 친구였어. 정확히 말하자면, 나는 나리랑 친구였어. 그런데 어느 날인가 갑자기 유미가 친한 척을 해왔어. 나야 뭐, 오는 사람 안 잡고 가는 사람 안 잡는 타입이니까 받아줬어. 유미가 워낙 예쁘잖아. 그런 애가 먼저 상냥하게 대해주니까 기분이 괜찮더라고."

그렇게 셋이 다닌 지 얼마 지나지 않아 나리의 태도가 변했다. 나리가 갑자기 지민을 피했다. 등하교도 지민을 따돌리고 유미와 둘만 했다.

"처음엔 나한테 뭔가 화난 게 있나 싶었어. 아니면 뭐 안 좋은 일이라도 있나 했지. 그런데 유미가 그러는 거야. 이거 비밀 이야긴데, 하면서 나리가 날 빌거라고 욕하고 다닌다고."

지민은 그 말에 화가 나 나리에게 따졌다. 그랬더니 나리는 그런 지민에게 오히려 화를 냈다.

"나보고 자기 전세충이라고 하지 않았느냐며 막 욕을 퍼붓더라고."

문제는 지민이 그런 말을 한 적이 없다는 사실이다.

"그래서 싸움이 더 심해졌어. 결국 홧김에 절교해버렸지."

그 후 이상한 일이 일어났다. 얼마 안 지나 아이들이 지민을 슬금슬금 피해 다녔다. 이상하게 지민과 이야기를 안 섞으려 했다.

뭔가 이상하다고 생각한 지민은 그나마 자신에게 말을 걸어주는 친구를 잡고 자초지종을 물었다. 그 친구는 주변 눈치를 보며 조심스레 말했다.

"내가 나리 욕을 하고 다녔다는 거야. 돈이 없다고, 거지라고 말했다고. 그런데 나는 그런 말을 한 적이 없거든."

지민은 너무 화가 나서 절대 아니라고 말한 후, 누가 그런 말을 했느냐고 물었다. 그랬더니 나리에게 들었다는 말이 돌아왔다. 지민은 다시 한번 잔뜩 화가 났다.

"알고 보니 나리가 반 아이들한테 죄다 내가 자기 욕을 했다면서 소문을 퍼뜨렸대. 그러면서 그랬대. 지민이는 뒷말을 좋아하니까 신뢰할 수 없다고. 그래서 자기가 절교한 거라고."

지민은 제대로 열이 받았다.

"모두가 보는 앞에서 나리한테 따졌어. 대체 왜 그런 거짓말을 하느냐고."

나리는 쩔쩔맸다. 당황해서 어쩔 줄 몰라 하는데 유미가 나섰다.

"이렇게 공개적으로 이야기할 일은 아니잖아? 참아, 둘다."

유미는 지민에게 나리가 한 일로 많이 속상했겠다며, 하지만 뭔가 오해가 있는 게 아니겠냐며 모두가 보는 앞에서 지민을 위로했다. 열이 오를 대로 오른 지민에게 그 말이 들릴 리 없었다. 잔뜩 화가 난 지민은 쓸데없이 나선다며 유미에게도 일방적으로 화를 냈다. 그러자 나리가 언성을 높였다. 유미는 그런 나리를 말리면서 둘을 다독였다.

"그럼 나리가 나쁜 거네. 유미는 뭐 잘못한 게 없는 거 아닌가?"

정원이 말했다.

"나도 처음엔 그렇게 생각했어. 그런데 조금 지나니까 상황이 이상하게 흘러가더라?"

언젠가부터 아이들이 지민을 슬슬 피했다. 아이들은 지민이 유미에게 막말을 퍼붓는 걸 안 좋게 봤다. 오히려 나리가 그런 말을 퍼뜨린 데에 이유가 있다고 생각했다.

지민은 은따가 되어 자연스레 다음 반장 선거에서 낙방했다.

지민 대신 반장이 된 건 유미였다. 유미는 지민과 나리를 화해시키려고 노력한 일 덕분에 급격히 인기가 올라 남은 학기 내내 반장을 했다.

"나는 카톡방에서 나리가 유경이 욕을 마구 쏟아내는데 이때 일이 떠오르더라고."

유미는 지민이 반장이 된 걸 못 참았다. 어떻게든 그를 끌어내리고 싶어 했다. 그래서 그렇게까지 한 것이다.

"즉 네 말은."

채준이 말했다.

"유미가 뒤에서 이 모든 상황을 조종했다? 조금 지나면 모두 앞에 나서서 유경과 나리를 다독여주는 척하면서 상황을 바꿀 거다? 부반장이 되기 위해서?"

"아마도?"

"아니, 이번 목표는 너야. 유미는 널 갖고 싶은 거라고."

정원이 닭다리로 채준을 가리켰다.

"난 그 단톡방에 처음부터 있었어. 갑자기 나리가 단톡방을 만들더니 너랑 유경이가 함께 있는 사진을 퍼뜨렸어. 그러고는 유경이에 대한 안 좋은 소문을 마구 단톡방에 올렸지. 당연히 다들 분노했어. 나도 좀, 그랬고. 채준이 너한테 관심이 있었으니까. 지민이 너도 그렇지?"

지민은 대답 대신 콜라를 들이켰다.

"나는 나리한테 당해봐서 아는데, 개는 성질은 더럽지만 용의주도한 성격이 못 돼. 무조건 직설이야. 나한테도 그냥 막 퍼부었어. 저렇게 단톡방 만들고 애들 모으고 그런 건 개랑 안 어울린다고 생각했어. 그런데 지민이 이야기 들으니 알겠어. 이건 유미가 조종하고 있는 거야."

"그냥 뇌피셜 아냐?"

채준은 믿기 힘들다는 듯한 투로 말했다.

"사람이 그렇게까지 집요하게 굴겠어?"

"증거가 있어."

"증거?"

"단톡방 열기 직전, 유미가 나한테 명령을 했거든."

정원이 핸드폰을 꺼내며 말했다.

"이게 그 메시지야."

유미 윤유경한테 '죽어.'라고 메시지 보내고 인증 숏 쏴.

"'죽어.'라고 메시지를 보내라고 했다고? 그런다고 또 넌 보냈고?"

"안 보낼 수 없었어. 유미 말은 어쩐지 거역하기가 힘들다고."

"그게 말이 돼? 왜? 왜 그러는데? 유경이가 상처받을 걸 알면서 그랬다는 거잖아, 지금? 그게 잘못된 걸 알면서 그런다고? 그게 말이 돼?"

채준이 흥분해서 마구 말했다.

"그만해, 채준아."

유경이 끼어들었다.

"정원이 탓하지 마. 난 그 기분 이해하니까. 내가 유미에게 같은 말을 들었다면 나 역시 누군가에게 '죽어.'라는 메시지 보냈을 거야."

"말도 안 돼."

채준은 여전히 반신반의했다.

"대체 왜 그렇게까지. 왜 그렇게까지 유미가 하라는 대로 하게 되는 건데?"

"나는 그보다 유미가 왜 그렇게까지 하는지 궁금해."

유경은 자기도 모르게 채준의 말에 맞장구쳤다.

"어떻게 그 정도로 채준이를 좋아할 수 있지?"

"걔 나 안 좋아해."

채준은 인상을 썼다.

이 말에 채준을 제외한 세 명이 다 어이없다는 표정을 지었다.

"너 지금 우리 하는 이야기 뭘로 들었어? 너 좋아해서 이러는 거라고 했잖아."

"아니라니까 그러네."

채준은 단호했다.

"나도 눈치가 있어. 날 좋아하는 애들은 어떤 식으로든 티가 나거든. 그런데 솔직히, 너희들 이야기를 들을 때까지 나는 상상도 하지 못했다. 걔는 나한테 지민이 너만큼의 관심조차 없어."

"그럼 대체 왜."

유경의 의아해서 말했다.

"왜 그렇게까지 하는데?"

"해답을 알고 있는 건 은유미, 본인뿐이겠지."

41

저녁 시간이 되자 아이들은 유경의 집을 나왔다. 유경은 아이들을 아파트 입구까지 바래다줬다.

"모든 애들이 널 싫어하는 게 아냐. 유미 편이 아닌 애들도 많아."

지민은 집을 나서며 단호하게 말했다.

"내일은 꼭 학교 나와. 당당하게 대처해. 그러면 유미도 너 함부로 못 건드릴 거야. 너도 도울 거지?"

"나, 나는."

정원은 지민의 말에 즉답하지 못했다.

"이, 일단 노력은 할게. 하지만 유미가 무서워서 어떻게 될 지 정확히는 말 못 해."

"무시하면 된다니까? 내 말 뭘로 들었니, 너 지금?"

"미안, 미안. 알았다고. 그럼 네가 나 친구 해주라고."

"해주니까 지금 상대하잖아?"

지민과 정원은 티격태격하면서도 꽤 말이 잘 통했다. 유경은 어쩐지 그런 둘을 보니 마음이 놓였다.

지금껏 유경은 자기 혼자만 유미가 이상하다고 생각하는 게 아닐까 의심해왔다. 소설로 적은 것은 어디까지나 과장된 것이라고 여겼지만 지민과 정원의 이야기를 듣고 보니 아니었다. 둘 다 유경과 비슷한 기분을 느끼고 있었다. 특히 정원은 유미가 왕따를 조장하고 있다고 생각하며 두려워했다.

유경은 이제 유미가 왜 그러는 걸까에 이어 어째서 다들 그렇게 유미가 무섭다고 생각할까 궁금해졌다. 생각해보면 유경도 처음부터 유미가 무섭지는 않았다. 하지만 언젠가부터 두려웠다. 유경은 그 시기가 정확히 기억나지 않았다.

한참 유경이 유미의 생각에 빠졌을 때, 전화가 울렸다. 채준이었다. 시간을 확인해보니 벌써 밤 8시가 넘은 시각이었다.

"나와라. 오빠가 떡볶이 사 줄게."

"누가 오빠냐?"

"집 앞이야. 나올 때까지 기다린다?"

채준은 일방적으로 전화를 끊었다.

유경은 한숨을 푹 내쉬며 자리에서 일어났다. 이왕 이렇게 된 거, 채준이 쏘는 떡볶이나 먹는 게 나을 것도 같았다.

유경은 후드티에 청바지를 대충 입고 슬리퍼를 신었다. 영 기운 없는 걸음으로 아파트를 나왔다.

"옷이 그게 뭐냐?"

채준은 문 바로 앞에 서 있었다.

"좀 꾸미고 오지!"

"떡볶이 먹으러 가는데 꾸며야 하니?"

"소개할 사람이 있다고!"

"누군데 그렇게 신경을 쓰는데!"

채준이 얼마 안 가 발을 멈췄다. 그러고는 한 여자아이가 앉아 있는 벤치 앞에 서서 말했다.

"윤유경, 이쪽은 최희선."

유경은 희선을 보고 넋이 나갔다.

유경은 유미만큼 예쁜 애는 흔치 않을 거라고 생각했다. 하지만 눈앞의 희선은 유미와는 비교도 되지 않을 정도로 예뻤다.

아니, 그냥 빛이 났다. 아이돌을 직접 보면 이런 기분일까.

"야, 윤유경. 야, 어이!"

채준이 한참 유경을 부르고 나서야 유경은 정신을 차렸다. 새삼 놀라 채준과 희선을 번갈아 보다가 눈이 동그래져서 말했다.

"서, 설마 네 여친? 그래서 너 유미한테 꿈쩍도 안 한 거냐?"

"아니거든!"

채준이 펄쩍 뛸 듯 놀랐다.

"내가 여친이 어딨어! 나 너 말고 매일 연락하는 여자애 없거든!"

"그, 그럼 대체 이분은 누구시냐! 이 고귀하신 분은 대체!"

"완전 무지개 반사."

희선이 웃음을 터뜨렸다.

"이러니까 유미가 애를 먹지."

그런데 희선의 입에서 예상치 못한 이름이 나왔다.

"유미? 유미 아세요?"

"난 유미와는 초등학생 5, 6학년 때 같은 반이었어. 말 놔, 우리 동갑이야."

"아, 으응."

"네가 유미한테 왕따를 당한다는 이야기를 들었어."

희선은 채준과 같은 학원에 다닌다. 채준은 학원에서 유미의 초등학교 시절을 아는 사람을 수소문했다. 그 이야기를 들은 희선이 채준에게 왜 그러느냐고 물었다. 희선은 채준에게 상황 설명을 들은 후, 유경을 만나기로 결정했다.

"네 남친이 너랑 꼭 만나달라고 사정사정하더라? 아주

애정이 철철 넘치던데? 완전 부럽더라. 사귀는 사람 없으면 바로 대시했어."

희선의 말에 유경과 채준이 눈을 마주쳤다. 평소라면 누가 먼저랄 것 없이 당황해서 펄펄 뛸 상황이다. 그런데 이번엔 안 그랬다. 어쩐지 유경은 희선 앞에서는 부정하고 싶지 않았다. 채준 역시 아무 말도 하지 않았다.

"그래서 혹시 내가 도움이 될까 하고."

희선이 계속 말했다.

"초등학생 때 유미는 누구보다 내가 잘 알거든."

유경은 약간 긴장한 표정으로 고개를 끄덕였다.

"초등학생 때도 저랬어, 유미는?"

"처음엔 아니었어."

희선은 유경처럼 초등학교 5학년 때 전학을 왔다가 유미를 알게 되었다. 당시 유미는 반에서 인기가 많았다. 하지만 지금처럼 뒤에서 말을 한다거나 이상한 흉계를 꾸미는 일은 없었다. 그냥 인기가 많은 예쁜 애였다.

그런데 희선이 나타난 후 유미가 이상해졌다. 희선이 아이들의 관심을 끌기 시작하자 점점 말수가 줄더니 갑자기 쓰러져버렸다. 게다가 한 손엔 머리카락도 잔뜩 뽑은 상태였다.

이후 유미는 의기소침해졌다. 늘 희선을 무시무시한 표정으로 노려봤다. 희선이 어딜 가든 유미가 뒤에 따라붙었다.

희선은 그런 유미를 눈치챘다. 처음엔 유미가 자신과 친구가 되고 싶어 그러는가보다 싶어 먼저 말을 걸어주었다. 하지만 유미는 희선이 말을 시키면 바로 고개를 돌리고 모른 척했다. 그러면서 계속 쫓아다녔다. 무시무시한 표정을 지으며. 아무리 그만둬달라고 해도 말을 듣지 않았다.

아무 말도 안 하고, 무표정하게, 너무나 크게 눈을 뜬 채 계속 쳐다보는 유미.

수업 시간에도, 화장실에서도, 길을 가다가도, 고개를 돌리면 늘 유미가 그곳에 있었다.

"지금 생각해보면, 그건 스토킹이었어."

희선은 예민해졌다. 책상 위의 물건이 옮겨져 있거나 해도 기겁을 했다. 유미가 왔다 갔다고 생각했다. 또 아이들이 자기 이름을 갑자기 부르거나 살짝 건드리기만 해도 흠칫흠칫 놀라고, 심하면 화를 냈다. 희선은 학교에 가는 게 싫어져 자꾸 결석을 했다. 그러자 아이들이 희선을 조금씩 멀리했다.

"처음엔 예쁘다고 좋아하더니, 나중엔 예쁘다고 싫어하더라고."

아이들이 희선을 멀리할수록 유미는 밝아졌다. 다시 본래의 모습을 되찾아 아주 쉽게 반 아이들의 마음을 사로잡았다. 그러고는 본격적으로 희선을 따돌렸다. 희선이 반에서 배제되면 될수록, 유미는 기분이 좋아졌다.

중학교에 들어간 후, 희선은 따돌림을 당하지 않았다. 희선이 다니는 학교는 여중으로 따돌림 분위기가 없었다.

하지만 희선은 자주 유미를 생각했다.

유미가 아직도 그렇게 누군가를 뚫어져라 노려보고 다닐지, 집요하게 관찰하고 스토킹하면서도 결코 증거는 남기지 않을지, 상대가 예민해져 제풀에 꺾이길 기다리며 기회를 노릴지.

"몇 번인가 소문을 들었어. 정확히는 나리라는 아이 소문이었지만, 그 아이가 유미랑 친구라는 이야기를 듣자 상황파악이 되더라."

"혹시."

유경은 말했다.

"넌 그럼, 유미가 왜 그러는 건지 알아?"

"물론, 알지."

희선이 부드럽게 웃었다.

"관종. 아이들의 인기를 얻고 싶은 거야."

"단지 그거뿐이라고?"

"응, 심플하지?"

"다른 방법을 써도 되잖아! 인기를 끌려면 여러 가지 방법이 있는데 왜 하필 그런 방법을 선택하는 건데?"

"그것밖에 모르는 거야."

"뭐?"

"유미는, 다른 방법을 모르는 거라고. 오직 남을 음해해서 인기를 얻는 방법밖에 몰라서, 그게 제일 쉽다고 생각해서 그러는 거야. 어쩌면 그게 재밌다고 느낄지도 모르지."

"어떻게 그런 걸 알게 됐어?"

채준이 물었다.

"쉽게 알아낼 수 있는 게 아닌 거 같은데."

"한동안 나도 미칠 것 같았거든. 대체 유미가 나한테 왜 이러는 건지, 내가 무슨 잘못을 한 건지 알고 싶어서 돌아버릴 것 같았거든. 그래서 따돌림에 관한 자료를 끊임없이 찾았어. 유튜브랑 여러 콘텐츠랑 책이랑 닥치는 대로 다 봤어. 그러다 보니 나랑 비슷한 사례가 나오더라."

희선과 비슷한 일을 당한 사람들은 많았다. 다들 누군가에게 따돌림을 당한다고, 이유 없이 자신을 쫓아다니는 사람들이 있다고, 이상하게 거역할 수 없다고, 끊임없이 싫은 상황에 빠지고 강요당하는데 벗어날 수 없어 괴로워한다고 했다.

"생각보다 정말 많은 사람들이 나 같은 일을 당했더라고. 다들 자신이 잘못해서 그런다고 생각했더라. 하지만 그러지 말라고, 내가 잘못한 게 아니라고, 어느 순간에도 따돌림은 합리화될 수 없다고 말하더라. 그러자 조금 마음이 편해졌어. 어느 순간 인정하게 된 거야. 유미는 원래 그런 애라는 사실을. 내가 잘못한 게 아니라, 그 아이가 잘못되었다는 사실을 깨닫자 괜찮아졌어."

"말도 안 돼……."

유경은 놀라 말했다.

"어떻게 그걸 쉽다고 느끼지. 사람들을 괴롭히는 게 재밌다고 느껴."

"너는 뭐가 재밌다고 느끼는데? 뭐가 쉬운데?"

"글쓰기나 만화 보는 거?"

"내가 볼 때엔 그건 엄청난 일이야. 난 만화 같은 거 못 봐. 글쓰기는 더욱 못하고. 하지만 나는 공부는 잘하는 편이야. 남자친구도 잘 사귀는 편이지. 그게 내 특기이자 취미야. 유

미의 경우에는, 그게 사람을 괴롭히고 이간질하는 것일 뿐인
거야."

이간질이 취미이고 특기.

그저 재밌어서, 그것 말고 잘하는 게 없으니까.

말도 안 된다고 생각했다. 하지만 생각하면 할수록 이것
만큼 딱 떨어지는 말이 없었다.

인정하고 싶지 않지만, 유미는 그런 사람인 거다.

유경이 만화를 좋아하고 책을 좋아하는 것처럼, 글을 쓸
때면 늘 즐거운 것처럼 유미는 모두를 괴롭힌 후 시선을 끄는
게 즐거운 거다.

그러니 계속 그런 행동을 반복하는 것이리라.

42

'저것들이 무슨 짓을 꾸미는 거지.'

유미는 하루 종일 집 거실에 서서 유경이 사는 아파트만
노려보고 있었다. 그러다 채준과 지민, 정원이 함께 유경의

아파트로 들어가는 걸 봤다. 그런데 이제는 생각만 해도 짜증 나는 최희선마저 유경, 채준과 함께 있었다.

상황이 이상하게 돌아갔다. 작년, 지민을 따돌렸을 때에는 이러지 않았다. 그때엔 분명 아이들이 처음부터 유미에게 공감했다. 그런데 이번엔 대체 왜 그런 걸까.

아무리 생각해도 이유는 단 하나밖에 없었다.

정채준.

반에서 독보적인 인기를 끄는 채준이 유경의 편을 들기 때문에 일이 꼬이고 있었다. 이대로라면 유경을 따돌린 후 채준의 여친이 되는 일이 물거품이 될 수 있었다.

아니, 그보다 더 안 좋은 일이 일어날지도 모른다. 일이 꼬여 유미의 레벨이 떨어질 수도 있다.

'어쩌면 좋지.'

유미는 머리카락을 만지작거리기 시작했다.

'무언가 수를 써야 해.'

채준과 유경보다 더 레벨이 높으려면 어떻게 해야 할까. 유경은 아버지가 웹툰 작가다. 그렇다면 그보다 더 유명한 사람과 친해지거나, 내가 그런 사람이 되면?

"아, 그렇지!"

유미의 머릿속에 한 가지 아이디어가 반짝했다. 유미는 급히 엄마에게 달려들었다.

"엄마! 나 아이돌 학원 면접 좀 잡아줘!"

유미는 엄마에게 급히 달려들었다.

"갑자기 이게 무슨 소리야?"

유미의 엄마는 유미가 무슨 소리를 하나 황당한 표정을 지었다.

"오늘 당장 면접 볼 수 있는 곳 찾아줘! 엄마 친구 많잖아! 아니면 아빠 친구! 안 알아봐주면 나 미쳐. 나 미치는 꼴 보고 싶어?"

유미 엄마는 황당해했지만 유미는 아랑곳하지 않았다. 유미는 미친 사람처럼 소리를 고래고래 지르며 머리카락까지 뽑았다.

"유미야, 안 돼! 제발!"

유미 엄마는 기겁했다. 자기 딸이지만 이런 순간이면 유미가 두려웠다.

유미는 어렸을 때부터 마음대로 일이 풀리지 않으면 소리를 지르며 난동을 부렸다. 그러다가도 자기가 원하는 걸 얻으면 바로 언제 그랬냐는 듯 난동을 멈췄다. 생글생글 웃었다.

"알았어! 알았다고! 당장 가자!"

이번에도 유미는 엄마가 허락하자마자 울음을 그쳤다. 평소처럼 평안한 표정을 짓더니 활짝 웃으며 말했다.

"정말? 그럼 당장 가는 거야?"

"그래. 가자, 가."

유미 엄마는 길게 한숨을 내쉬며 대꾸했다.

43

집으로 돌아온 유경은 다시 노트를 폈다. 다시 일전 적다만 부분으로 돌아왔다.

헤리가 노리와 같은 말을 한다. 설마 헤리도 나를 뒤에서 삼김이라고 불렀나? 헤리가 나에게 죽으라고 말한다. 그 직후 핸드폰에 메시지 폭탄이 온다. 모두 나에게 죽으라고 말한다. 역시 모두 헤리의 짓인가.

이러다 내가 정말 죽으면 어쩌려고?

내가 죽으면 그걸로 만족하는 거니?

대체 혜리는 나한테 뭘 원하는 거지?

이렇게까지 해서 혜리가 원하는 건…….

이렇게까지 해서 혜리가 원하는 건 대체 뭘까?

모두의 이야기를 듣고 나자 이제 뒷부분을 어떻게 적으면 될지 알 것 같았다.

유미의 가면을 쓰는 것은 중요하다. 하지만 이 소설의 화자는 어디까지나 '나'다. '나'가 어떻게 유미를 느끼는가. 모른다면 모른다고 적는 것으로 의미가 있다.

이 상황을 모른다고 인정하는 것, 그 순간의 기분 역시 '나'의 캐릭터다. 마야라면 그렇게 했을 것이다.

모르겠다.

하지만 하나는 알았다.

혜리는 그저 그러고 싶었다는 것. 그저 그 순간, 그렇게 행동하고 싶어 그랬을 뿐이라는 것을.

이해하려 들 필요는 없다.

혜리는 혜리고, 나는 나니까. 그래 봤자 우리는 전혀 다른 사람이니까 한 가지만 확실하게 하면 된다.

누구도 나를 조종할 수 없다.

그게 나야. 나라는 사람이야.

"이거다."

유경은 끊임없이 움직이던 펜을 멈췄다. 손끝이 저릿했다. 가슴이 폭발할 듯 두근거렸다.

알았다. 마침내 자신이 쓰고 싶은 게 무엇인지 깨달았다.

"나는 그저 나 자신이라는 걸, 누구도 나를 마음대로 할 수 없다는 걸 적고 싶었던 거야!"

유경은 흥분했다. 온몸에 기운이 넘쳤다.

자신이 쓰려고 하는 게 무엇인지 깨닫자 그간 노트에 쓴 글들이 전혀 달라 보였다. 어떤 부분을 잘라야 할지, 어떤 부분은 내용을 늘릴지 모든 게 일목요연해졌다.

유경은 새 노트를 꺼냈다. 예전에 적었던 노트의 내용을 보며 새 노트에 수정한 내용을 적어나갔다. 그렇게 한 시간을 넘게 쓰자 팔이 떨어져나갈 듯 아팠다. 하지만 유경은 글쓰기를 멈출 수 없었다.

마음이 급해진 유경은 아빠의 노트북을 가져왔다. 노트

두 권을 펴고 빠르게 타자를 쳐서 내용을 입력하기 시작했다. 마음처럼 손이 빠르게 움직이지 않아 불편했다. 하지만 이게 연필로 적는 것보다 나았다.

그러다보니 점점 능숙해졌다. 얼마 안 가 유경은 자판을 보지 않고 치고 있는 자신을 발견했다. 이제 유경은 노트를 보며 손으로는 자판을 쳤다. 머릿속으로는 더욱 자유로운 표현을, 그럴 듯한 묘사를 생각했다.

그건 아주 이상한 기분이었다. 소설 속 '나'는 유경이면서 또 유경이 아니었다. 소설 속 '나'는 "죽어."라는 메시지를 받고 단톡방에 초대되어 험한 말을 들어도 결코 굴하지 않았다. 오히려 이 순간을 이용해 명작을 쓰겠다며 활활 타올랐다.

나는 펜을 꽉 쥐었다. 노트를 가만히 바라보며 내일 학교에 갈 마음을 새롭게 했다. 방금 전까지 두려웠던 마음은 어디론가 사라졌다. 이제 마음은 흥분으로 가득 차 있었다. 아이들이 왜 이러는지를 일일이 묻고, 그래서 혜리가 얻으려는 게 무엇인지 반드시 알아내야 했다.

유경은 이런 소설 속의 '나'가 마음에 들었다. 그런 '나'가

학교에 가서 벌인 한바탕 소동은 더더욱 좋았다.

나는 학교에 가는 내내 핸드폰을 들여다봤다. 아이들의 메시지는
이제 거의 오지 않았다. 다들 자는 모양이었다. 처음엔 문자폭탄
이 무서웠다. 단톡방도 싫었다. 하지만 카타르시스를 느끼기 위
한 취재라고 생각하니 이젠 모든 게 흥미롭기만 했다.

학교에 도착하니 벌써 준이 와 있었다.

"너 괜찮아?"

준은 또 내가 문을 열자마자 소리를 질러댔다.

"너 핸드폰도 안 받고! 대체 어떻게 된 거야! 나한테 어제 무슨
메시지가 왔는지 알아?"

"아, 진짜! 핸드폰 떨어뜨릴 뻔했잖아!"

"그보다 너 괜찮냐고!"

"아아, 왕따 됐나보더라고."

나는 시큰둥한 표정으로 어제 준과 헤어진 후 일어난 일을 설명
했다.

"뭐 그렇게 됐음. 앗, 메시지 왔다."

그 순간, 다시 단톡방에 메시지가 떴다. 이예지였다.

예지 학교 가는 중. ㅋㅋ

예지 가만 안 둬, 내 눈에 띄기만 해 윤경. ㅋㅋ

예지 딱 걸렸어. ㅋㅋㅋ

"아싸! 이예지 학교 온다!"

"너 왜 그렇게 제삼자 모드냐! 지금 완전 심각하거든? 이건 학폭위가 열려야 하는 수준이라고! 아냐, 우선 사과부터 받아줘. 내가 미안해. 정말 잘못했어. 내가 날 너무 몰라서 이런 일이 일어났다. 다 내 책임이다."

"진정, 진정 좀 하자. 정준 진정. 아, 잠깐. 아니지? 진정 안 해도 돼. 그대로 있어봐. 가능하면 아까 한 말 다시 말해봐."

나는 준의 모습을 핸드폰에 빠르게 두드려 적었다.

"너, 지금 뭐 하냐?"

"취재. 자료조사."

"윤경, 너 미쳤어? 왜 이렇게 여유로운 건데!"

"난 전혀 여유롭지 않아. 지금 이 기회를 절대로 놓치고 싶지 않아 안달이 나 있어."

"기회라니 대체 무슨 소리야?"

"마침내 영감이 찾아왔다!"

나는 소리쳤다.

"어제 혜리가 내게 선전포고를 하는 순간, 영감이 찾아왔다고! 일전 첫 소설을 완성했을 때의 기분이 돌아왔다! 난 지금 매우 긴장했어. 앞으로 일어날 일을 단 하나도 놓치지 않기 위해서! 카타르시스를 느끼기 위해 온 신경이 곤두선 상태다! 나는 무서운 아이가 될 것이다!"

나는 『유리가면』의 츠키카게 같은 포즈를 취하며 웃어 보였다.

교실 문이 열렸다. 예지가 들어왔다. 예지는 나와 준을 보자마자 싫은 표정을 지었다.

"이예지! 기다렸다!"

하지만 나는 눈을 번쩍이며 달려갔다.

"너 어제 내가 준이랑 단둘이 다정하게 손잡았을 때 어떤 기분이 들었냐! 오늘 날 만나면 무슨 짓을 하려고 한 거냐!"

"너 왜 이래? 미, 미쳤어?"

"그런 기분이 들었구나! 좋아! 더 말해봐! 나한테 문자를 보낼 때 어떤 생각을 했지?"

"야, 너 좀 이상해. 저리 가, 좀."

"좀 더 말해봐! 뭐가 이상한지 설명해보라고! 구체적으로! 세밀하게!"

내가 흥분해 말하는 사이 다른 아이들이 들어왔다. 다른 아이들이 놀란 표정으로 그런 광경을 바라봤다.

"마침 잘 왔다, 다들! 어서 한마디씩 해봐!"

나는 그런 아이들에게 말했다.

"어제 무슨 기분이 들었어?"

"나한테 그런 독한 메시지를 보낼 때 기분은 어땠지?"

"주모자가 누군지는 알고 있어?"

아이들은 어이없어했다.

"너, 우리가 너 따돌리려는 건데 안 무서워?"

"무서운 것보다 궁금한 게 중요하다!"

"설마 너 이거 아빠 웹툰에 쓰게?"

"웹툰은 무슨! 이 좋은 소재를 내가 왜 아빠한테 주는데!"

"아, 진짜 미치겠다!"

준이 그런 광경을 보고 있다가 어이가 없어했다.

"이래서 내가 윤경 부반장 추천한 거라고! 얘가 이렇게 특이하다니까!"

"어쩐지 이상하더라. 부반장을 왜 왕따시키나 했다."

"둘이 사귀긴 뭘 사귀어. 그냥 저러고 노는 거구만."

결국 아이들의 웃음이 터졌다. 그중엔 재이도 있었다.

"인정!"

재이는 눈물마저 흘리며 웃고 있었다.

"윤경, 너 웃겨! 인정!"

"윤경, 정준 그래 확 사귀어버려라!"

"누구 맘대로 사귀어!"

나는 단호한 표정을 지었다.

"안 사귄다고! 아무 사이도 아니라고!"

"누가 할 소릴!"

준이 지지 않고 소리 질렀다.

"이 1등병 환자가 뭐래!"

나와 준의 대화에 아이들은 더 크게 웃음을 터뜨렸다.

"와 미치겠다, 윤경 대박."

"저 정도는 해야 웹툰 캐릭터 되는구나."

뒤늦게 온 아이들 역시 상황을 파악했다.

의아해하는 애들도 생겼다.

"어제 대체 뭐가 어떻게 된 거야 그래서?"

"어쩌다 단톡방이 생기고 윤경 왕따 결정 났지?"

"아, 맞다! 이예지, 너!"

그중 한 명이 예지를 가리켰다.

"네가 노리가 올린 사진 보고 확대해서 지적한 게 시작 아니었어? 윤경이 정준 꼬시려고 같은 만화 보고 의도적으로 접근한 거랬잖아!"

"야, 그건 뇌피셜이지! 나는 그냥 그럴지도 모른다고 한 거잖아!"

예지가 내 눈치를 보며 말했다.

"그렇게 따지면 문제는 오노리 아냐? 오노리가 최초로 단톡방 만들었잖아!"

예지의 말에 시선이 뒤쪽으로 쏠렸다.

어느새 노리가 등교해 있었다. 노리는 혜리와 나란히 앉아 상황을 지켜보고 있다가 모두의 시선이 몰리자 당황했다.

"오노리! 그 사진은 대체 뭐야!"

"지금 생각해보니 이상하네? 너 몰카 찍은 거 아냐?"

"너 설마 저 둘 미행한 거냐?"

노리는 쩔쩔매며 혜리 눈치만 봤다.

나 역시 그런 혜리를 뚫어져라 바라보았다. 양손에 핸드폰을 꼭 쥔 채 혜리에게 마음속으로 말을 걸었다.

'말해. 어서 왜 그랬는지 말해.'

"노리야."

마침내 혜리가 입을 열었다. 나는 그 말을 핸드폰에 바로 받아 적었다.

"왜 그랬어."

나는 뜻밖의 말에 놀라 혜리를 바라보았다.

"그렇게 경이 싫었어? 그렇다고 막 미행까지 하고 그러면 안되지."

노리는 당황해서 아이들과 혜리를 번갈아봤다.

"나는 제대로 오해했네. 네 사진 보고 경이 정말로 날 배신이라도 한 줄 알았잖아. 너 단톡방까지 열고 난리 찍히더니 이 상황 어떻게 책임질 거야?"

혜리가 자리에서 일어나 내게 다가왔다. 나를 똑바로 바라보며 손을 내밀었다.

"미안해. 우리 다시 친하게 지내자. 아무리 생각해도 쟤는 우리랑 수준이 안 맞아. 내가 너 속상하지 않게 이번 기회에 아예 노리랑 절교할게."

나는 선뜻 악수를 받을 수 없었다. 혼란스러웠다. 혜리의 태도가 너무 자연스럽다보니 이 모든 게 내 착각이었나 싶을 지경이었다. 나는 양손에 핸드폰을 든 채 혜리의 손만 뚫어져라 바라보았다.

"경, 내 손이 부끄러워지려고 하네?"

혜리의 재촉에도 나는 바로 반응할 수 없었다.

그때, 예상치 못한 곳에서 비명 소리가 들렸다.

"안 돼!"

노리였다.

"혜리 너는 내 거야! 절대 절교는 안 돼!"

노리가 벌떡 일어나더니 혜리에게 다가왔다. 주변에서 말릴 틈도 없이 혜리의 머리를 잡았다. 바닥에 눕힌 후 마구 주먹질을 하기 시작했다.

"너는 내 거라고! 몇 번이나 말했잖아! 그런데 왜 자꾸 다른 애들이랑 친하게 지내려고 하는데! 왜 윤경한테 친한 척을 하는데! 대체 나한테 왜 이래! 네가 해달라는 대로 다 해주는데 왜 만족을 못 해!"

아이들이 놀라 비명을 질렀다. 황급히 혜리와 노리를 떨어뜨리려 했다.

"이게 무슨, 오노리 대체, 너."

혜리는 너무 놀란 표정으로 나리를 바라보았다.

"네가 감히, 어떻게."

혜리의 얼굴에 멍이 들었다. 피가 났다. 자신의 얼굴에서 난 피를 보더니 표정이 달라져 소리 질렀다.

"감히 네가 내 얼굴을! 상처를! 이 쩌리가!"

혜리의 표정이 무시무시해졌다. 바로, 윤경이 봤던 그 표정이었다. 그 표정 그대로 노리에게 달려들었다.

아름다운 혜리가 공중으로 떠오른다. 노리에게 달려든다.

마치 영화의 한 장면 같았다.

하지만 연이어 일어난 상황은 아름답지 않았다. 둘은 서로를 마구 때리고 할퀴었다. 아이들은 놀라 비명을 질렀다. 이 모든 장면을 동영상으로 찍는 아이들도 있었다.

얼마 안 가 혜리와 노리의 싸움이 교무실까지 소문이 났다.

선생님들이 들어왔다.

"대체 이게 무슨 짓들이야! 거기 못 떨어지나!"

혜리와 노리는 그대로 선생님들에게 끌려 나갔다.

"반장, 따라 나와! 무슨 상황인지 설명해!"

이후, 유경이 쓴 단편소설 속에서 혜리와 노리는 결국 정학처분을 받는다. 그들의 악행이 알려지면서 아이들은 말한다.

"무서운 아이."

그건 이 소설의 제목이기도 했다. 유경은 이 말을 『유리가면』에서 따왔다.

이 대사는 『유리가면』에서 마야가 연기에 푹 빠지는 모습을 보고 사람들이 자주 하는 말이다.

유경은 그 대사만큼 혜리에게 어울리는 말도 없다고 생각했다.

44

마침내 유경은 소설을 완성했다. 새벽 3시가 넘은 시각이었다. 유경은 마야처럼 밤을 새워서 소설 쓰기에 몰입했다는 사실을 깨닫고 새삼 기뻤다.

유경은 누군가에게 이 소설을 읽히고 싶었다. 가장 먼저 아빠를 떠올렸다. 거실에 나가보니 아빠가 없었다. 어제 새벽에 마감을 한 후 밀린 잠을 보충하는 모양이었다. 유경은 아빠의 단잠을 방해하고 싶지 않았다. 이메일로 아빠에게 소설을 보낸 후 '시간 날 때 읽어줘.'라는 메모를 덧붙였다.

유경은 일단 잠을 청하기로 했다. 하지만 왠지 아쉬웠다.

누군가에게 이 소설을 보이고 싶다. 어떻게 보이는지 알고 싶다. 유경은 망설이다가 채준에게 메시지로 소설을 보냈다.

> 이것 좀 읽어줘.

> **마스미** ○○ ㅇㅋ

일어나면 확인하겠지, 생각했는데 뜻밖에 바로 대답이 왔다.

> **마스미** 안 자?

> ○○ 넌?

> **마스미** 자다 깼음.

> 미안.

> **마스미** 내일 데리러 갈까?

> **마스미** 혼자 학교 갈 수 있겠어?

그래 줄래?

마스미 ○○ 아침에 다시 연락할게.

마스미 잘 자.

잘 자.

유경은 이 글을 쓰느라 『유리가면』의 자료를 찾았다. 그러다 마침내 민용식의 정체를 알았다.

민용식은 『유리가면』이 국내에 해적판으로 돌았을 당시 마스미의 이름이다. 마스미는 마야를 어렸을 때부터 응원하고 끊임없는 사랑을 보내는 보랏빛 장미의 사람이기도 하다.

채준은 자신이 민용식이고, 유경은 마야랬다.

유경은 뒤늦게 그 말뜻을 깨닫고 얼굴이 화끈거렸다. 어쩐지 설렜다. 하지만 눈치챘다는 티를 어떻게 내야 할지 몰랐다. 그래서 슬쩍 핸드폰의 이름만 바꿔놓았다.

유경은 소설에도 이 내용을 적었다.

주인공 '나'는 우연히 자신을 향한 '준'의 마음을 눈치챈다. '나'는 '준'에게 보랏빛 장미를 선물해 자신의 마음을 밝힌

다. 유경이 채준에게 이 소설을 보낸 건, 그런 마음을 알아주
길 바라는 것도 있었다.

45

채준은 새벽 6시 반, 유경의 집을 찾아왔다.

"소설 봤어."

채준은 눈이 새빨갰다.

"응."

유경도 마찬가지였다. 어제 소설을 보낸 후 단 한숨도 자
지 못했다. 채준이 소설을 보고 어떻게 생각할까 궁금해서,
그리고 어떻게 학교에 가야 할지 엄두가 나지 않아서.

어제, 유경은 아무 일 없었다는 듯 학교에 갈 거라고 아이
들과 약속했다. 소설 속 자신은 거기서 한 걸음 더 나아가 모
두가 보는 앞에서 당당하게 유미와 맞붙게 했다. 그런데도 막
상 아침이 되자 두려웠다.

채준은 유경의 마음을 눈치챈 듯했다. 유경이 엘리베이터

조차 타지 못하고 머뭇거리자 핸드폰을 든 손을 내밀었다.

"이것 좀 볼래?"

유경은 뭔가 싶어 핸드폰을 손에 받아들었다. 그곳엔 유경이 모르는 단톡방이 떠 있었다.

"이게 뭐야?"

"새벽에 네가 준 소설 단톡방에 올렸어."

"퇴고도 안 한 소설을 올렸다고? 아직 엉망진창이라고!"

"애들은 그렇게 생각 안 하던데?"

채준은 웃으며 아이들이 띄운 메시지를 보였다.

여기 나오는 헤리랑 노리가 우리가 아는
은유미랑 고나리인 거?

유경아 정말 미안해. ㅠㅠㅠㅠ
이거 레알인 거면 상처받았겠다. ㅠㅠㅠ

리얼리티 쩌는데?

유경이한테 미안함 ㅠㅠ

그럼 은유미랑 고나리가 지금까지 왕따 주도해온 거?

> ㄷㄷ 미쳤다. ㅠㅠ

> 완전 오해했잖아. 미안해. ㅠㅠㅠ

　새벽 4시에 만든 단톡방인데도 생각보다 많은 메시지가 올라와 있었다. 지금 이 순간에도 일어나서 읽는 아이들이 한둘이 아니었다. 아이들은 하나같이 유경의 글에 공감하고, 유미와 나리의 일에 분개했다.

　유미와 나리가 만든 단톡방에 있었던 이름도 많았다. 그런 아이들은 특히 더 분개하며 유경에게 미안해했다.

　"나, 잘못한 거야?"

　채준이 눈웃음을 치며 말했다. 유경은 그런 채준에게 고개를 힘차게 저어 대답했다.

　"아, 아니. 아니."

　유경은 약간 울먹였다.

　"고마워."

　"뭐 이런 걸로 울고 그래!"

　"그게 아니라, 나 이렇게 많은 사람들이 내가 쓴 소설 본 거 처음이라서. 칭찬받아서 너무 좋아서."

"앞으로도 이런 일 많을 거야. 넌 마야니까."

"응, 마스미."

유경의 말에 채준이 조금 놀란 표정을 지었다. 하지만 무어라 하지 않고 조금 더 크게 미소 짓더니 손을 내밀었다.

"갈까?"

유경은 고개를 크게 끄덕인 후 채준의 손을 맞잡았다.

46

학교에 도착할 때까지 채준은 단 한 번도 유경의 손을 놓지 않았다. 지민이 정원과 함께 2등으로 등교한 후로도 마찬가지였다.

"괜찮아?"

"조금 긴장되긴 하지만, 응."

"걱정 마. 의연하게 대처하면 아무 일도 일어나지 않을 거야."

"나, 나도 도와줄게."

정원도 작은 소리로 유경에게 말했다.

"고마워, 다들."

연이어 다른 아이들이 등교했다. 아이들은 채준과 유경이 손을 맞잡은 걸 보고 조금 놀랐지만 아무 일도 없었다는 듯 둘을 보고 "안녕?" 하고 인사했다. 쑥스럽게 웃거나 멋쩍어하는 아이들도 있었다. 유경은 아이들이 인사할 때마다 화답했다.

어떤 아이들은 유경을 걱정했다.

"몸은 괜찮아?"

"어제 쓰러져서 놀랐어."

유경의 소설에 감탄하는 아이들도 있었다.

"네가 쓴 소설 정말 대단해! 또 쓰면 알려줘!"

"나, 새벽부터 울었어. 너 정말 대단하더라!"

유경은 크게 당황했다. 뭐가 그렇게 쑥스러운지 알 수 없어 크게 고개만 끄덕이다가 또 조금 울기도 했다. 그러면 아이들은 더 다정하게 말했다.

"힘내."

"다 잘될 거야."

유경은 그 말에 또 조금 울었다.

예리가 등교했을 때 유경은 잠시 긴장했다. 하지만 예리는 채준과 유경이 손을 맞잡은 걸 보고 약간 분한 표정만 지었을 뿐 무어라 싫은 소리를 하지는 않았다. 자기 자리로 가서는 바로 핸드폰만 들여다봤다.

그리고 마침내, 유미와 나리가 나타났다.

유미와 나리가 등장하는 순간, 거의 동시에 반에 정적이 흘렀다.

모두들 유미와 나리를 가만히 바라보았다. 다들 '어디 변명이라도 해보시지?' 하는 표정이었다.

유미는 들어오자마자 채준과 유경을, 특히 그 둘이 맞잡은 손을 잠시 노려보았다. 그 어느 때보다 크게 눈을 뜨며 무시무시한 표정을 지었다.

유미는 한참 그렇게 아무 말도 하지 않다가 갑자기 방긋 웃었다.

"반장, 부반장, 좋은 아침."

전혀 예상치 못한 반응이 나왔다. 모두들 이게 무슨 상황인가 싶은데 갑자기 나리가 소리를 질렀다.

"유미 어제 길거리 캐스팅됐어!"

나리는 텔레비전에서 자주 소개되는 유명 매니지먼트 회

사를 들먹이며 소리 질렀다.

"대박!"

"역시 은유미!"

이 말에 몇몇 아이들이 반응했다. 그중에는 예리도 있었다.

유미는 유쾌하게 웃으며 아이들을 상대했다. 채준과 유경은 전혀 신경 쓰지 않는다는 듯 도도한 표정을 지으며 핸드폰으로 셀카를 찍고 SNS에 올렸다.

나리는 그런 유미의 옆에 앉아 헤헤 웃으며 좋아했다.

유경은 오늘 큰 사건이라도 터지면 어쩌나 염려했다. 어제는 은근히 무시했지만 오늘은 대놓고 유경에게 소리를 지를 수도 있다고 여겼다. 하지만 유미는 전혀 예상치 못한 모습으로 나타났다. 갑자기 길거리 캐스팅이 됐다고 자랑을 했다.

"정말 길거리 캐스팅된 걸까?"

채준이 말했다.

"거짓말하는 거 아냐?"

"글쎄."

유경은 고개를 저었다.

"정말 모르겠어."

47

'이겼다.'

유미는 아이들에게 둘러싸여 웃으며 생각했다.

유미는 어제 엄마를 졸라 아이돌 학원에 견학을 갔다. 물론 유미는, 빌딩 앞에서 나리에게 사진 메시지 보내는 걸 잊지 않았다.

> **유미**   나 길거리 캐스팅됨.

바로 나리에게 전화가 왔다.

"대박!"

유미는 나리에게 길을 가다가 유명 매니저한테 캐스팅이 되어 면접을 보러 왔다고 자랑했다. 할 말만 딱 한 후 바로 면접을 봐야 한다며 전화를 끊었다.

물론, 거짓말이었다. 엄마는 유미가 난동을 부리자 아이돌 학원에 데려가 면접을 보게 하긴 했다. 학원 직원은 유미의 외모를 칭찬했다. 등록하면 얼마 안 가 데뷔를 준비할 수 있을 거라고 말했다.

유미는 학원에 다닐 생각이 조금도 없었다. 노력하는 건 질색이었다. 아이돌 학원에 등록을 하면 보컬이며 댄스 연습을 해야 한다. 유미는 그렇게까지 하지 않아도 인기를 끄는 방법을 잘 알았다. 남보다 튀면 된다. 자신보다 튀는 사람은 헐뜯어 그 자리에서 끌어내리면 된다. 이렇게 쉬운 방법이 있는데 왜 노력을 해야 한단 말인가.

다음 일은 유미의 예상대로 흘러갔다. 학교에 와보니 아이들은 채준과 유경에게 다시 찰싹 붙어 있었다. 하지만 유미는 당황하지 않았다. 저들 중 몇 명이나 진심으로 채준과 유경을 응원하겠는가? 겉으로는 어제 일이 미안해서 친한 척해도 속으로는 배배 꼬였을 거다. 채준과 유경을 질투할 거다. 다만 반 분위기가 흐려지는 건 자기네들도 싫으니까 저러고 있는 거다.

이럴 때 유미가 길거리 캐스팅되었다는 말을 들으면 분위기는 순식간에 달라질 거다. 누구나 어색한 건 싫은 법이니까.

예상대로였다.

유미가 길거리 캐스팅되었다는 말을 계기로 반 아이들의 긴장감이 누그러졌다. 시나브로 본래의 분위기로 돌아갔다.

점심시간에는 몇 명이고 유미에게 와서 이렇게 말하기도 했다.

"이제 곧 유미 스타 되겠네? 그럼 우리 사진 찍어두자!"

"그럴까?"

유미는 아이들의 말에 핸드폰을 꺼냈다. 카메라 앱으로 다 함께 셀카를 찍으며, 배경처럼 보이는 채준과 유경의 표정을 확인했다.

둘은 씁쓸한 표정을 짓고 있었다.

유미는 아주 기분이 좋았다.

폐막

．
．
．
．
．
．
．

무서운 아이

그날 이후, 왕따는 없었다.

유경과 정원은 유미 그룹에서 떨어져 나왔다. 이제 둘은 지민, 채준과 주로 함께 지냈다. 유미와 나리는 요즘 예리와 함께 다녔다. 가끔 유경과 정원이 갈 때면 뒤에서 갑자기 깔깔거리며 웃곤 했지만 그 이상 이상한 행동을 하지는 않았다.

그렇게 거리를 두고 지내던 중, 생각중학교 2학년 1반에서 유경 아빠 윤민의 특별 강연이 열렸다.

아이들은 윤민이 어떻게 「약사×약사」를 그리게 되었는지, 그리고 어떻게 유경이 주인공이 된 건지 모든 과정을 들으며 무척 즐거워했다.

강연이 끝나고 사인회 시간이 됐다.

2학년 1반은 물론이고 다른 반 아이들도 복도에 와서 줄을 섰다. 윤민은 아이들에게 일일이 말을 걸며 사인을 해주고 사진도 함께 찍어줬다.

유경은 채준과 함께 옆에 서서 그런 아빠를 기분 좋게 바라보았다. 그러다 줄 선 아이들 중 유미가 있는 걸 발견했다.

유경은 좀 놀랐다. 요즘 유미는 유경을 모른 체했다. 늘 아이돌 학원 이야기를 하며 아이들의 관심을 끄느라 바빴다. 그런 유미가 윤민에게 사인을 받으려고 줄을 서다니, 뜻밖이었다.

마침내 유미 차례가 됐다.

"이름이?"

윤민이 유미에게 이름을 물었다.

"저, 유미예요. 아저씨, 모르세요?"

"잘 모르겠는데?"

유경은 아빠의 말에 속으로 웃었다.

아빠가 유미를 모를 리가 없다. 지난번 소설을 본 후 자초지종을 알게 된 아빠는 길길이 날뛰었다. 당장 유미와 나리를 경찰에 고발할 기세였다. 그런 아빠를 달래느라 유경과 영희가 상당히 애를 먹었다.

"지금부터 기억해주세요. 아저씨랑 이름도 비슷하잖아요. 윤민, 유미."

"그래서 사인 어디에다 해줄까?"

"사인은 필요 없고요, 우리 동영상 같이 찍어요."

폐막 무서운 아이

윤민이 뭐라고 말하기도 전에 유미는 윤민의 곁에 와서 섰다. 윤민의 얼굴에 자신의 얼굴을 찰싹 붙이더니 갑자기 볼에 뽀뽀를 했다.

윤민은 경직됐다. 다른 아이들도 모두 놀랐다. 순간 교실에 정적이 흘렀다, 모두가 유미를 뚫어져라 바라보았다.

유미만 아무렇지 않았다. "감사합니다! 잘 쓸게요!"라고 말하더니 평소보다 더 고개를 빳빳하게 쳐들고 모두의 시선을 즐기며 교실을 빠져나갔다.

그런 유미의 뒷모습을 보며 유경은 저도 모르게 고개를 저으며 중얼거렸다.

"무서운 아이……."

희망이 필요한 당신께 드리는 소설

생각학교에서 처음 청소년 앤솔러지 작업을 시작했을 때, 저는 「하늘과 바람과 별과 복수」를 쓰며 그 시절 제가 겪었던 따돌림을 드러낼 수 있었습니다.

저는 중학생 때 전교 왕따였습니다. 지방에서 서울로 전학을 갔다가 학교 분위기에 적응을 못 한 탓이었습니다. 입만 열면 "입냄새가 난다."는 말을 들었습니다. '인디언밥' 게임을 하다가 등에 발차기를 당한 일도 있었습니다. 중학생 때 이후 따돌림은 평생 겪지 않았다고 말하고 싶지만 그렇지도 않았습니다. 사회에 나가서도 몇 번이고 따돌림을 경험했습니다.

따돌림을 반복해서 겪으면 사람이 예민해집니다. 사람을 만나기보다는 혼자 있는 일이 편해집니다. 혼자 책을 보고, 영화를 보고, 글을 쓰면 상처받을 일이 없으니까요.

이 장편소설을 쓰게 된 건 이런 생각을 반복하던 중의 일이었습니다. 출판사에서 미우치 스즈에의 『유리가면』으로 이야기를 써보자고 했을 때 그런 생각이 들더라고요. 이 소설을 통해 당시의 내 모습을 객관화한다면 한 걸음 더 나아갈 수 있지 않을까. 내 경험을 바탕으로 쓴 씩씩한 왕따의 모습을 통해 지금 따돌림을 겪는 누군가가 위안을 받을 수 있지 않을까.

실제로 이 소설을 쓰면서 조금씩 마음이 나아졌습니다. 당연한 사실을 깨달은 덕입니다. 지금 내가 잘 살고 있다는 사실 말이에요.

저는 그런 마음을 당신과 공유하고 싶었습니다.

나는 잘 버티고 있다. 소설을 쓰고, 누군가를 사랑하고 사랑받으며, 희망을 갖고 나아간다.

당신도 있다. 당신을 싫어하는 사람이 있는 만큼 당신을 좋아하는 사람이 있다. 당신을 믿고, 당신이 행복하면 행복해지는 사람이 있다. 마음이 너무 힘들어 눈치채지 못했을 뿐이다.

아무리 생각해도 의지할 사람이 없다면, 더 힘들다고 느

낀다면 내가 당신에게 그런 사람이 되어주겠다. 내가 당신의
희망이 되어줄 테니 우리 어떻게든 살아내자.

이 소설은 그런 마음을 담은 이야기입니다.

2022년 10월

조영주

클클문고 마음을 크게 세상을 크게

클클문고는 1318 청소년을 위한 문학 시리즈입니다. 다양한 장르의 이야기를 통해 나를 사랑하는 마음을 키우고, 더 넓은 세상을 바라보도록 돕는 청소년들의 속 깊은 친구입니다. 시공간을 넘나드는 상상력과 밤새워 읽는 재미, 뭉클한 감동과 '아하!' 깨달음을 주는 지혜로 가득한 클클문고는 우리 아이들과 함께 고민하고 함께 꿈꾸며, 두근두근 신나고 멋진 미래를 만드는 데 작은 힘이 되겠습니다.

클클문고의 책들

5·18 민주화운동 40주년 기획 소설

저수지의 아이들

정명섭 지음 | 13,000원

1980년 5월 18일, 당시 광주에서 일어난 '저수지 총격 사건'과 '미니버스 총격 사건'을 모티브로 한 책. 한 번도 다뤄지지 않았던 무고한 소년 희생자들에 주목한 저자는 생생한 고증과 묘사로 독자 스스로 자연스럽게 역사의 현장으로 다가갈 수 있도록 이끌어준다.

'말'이 '칼'이 되는 순간

취미는 악플, 특기는 막말

김이환 · 정명섭 · 정해연 · 조영주 · 차무진 지음 | 13,000원

젊은 작가 5인이 각기 다른 사회적 시선에서 '말'에 대한 이야기를 흥미롭게 풀어낸 이 책은 왕따, 사이버폭력, 질투와 시기 등 현재 청소년들이 겪고 있는 문제들을 현실감 있게 그려내고, 말의 가치와 무게에 대해 생각해볼 수 있는 화두와 상상력을 제공한다.

한국전쟁 71주년 기획 소설

1948, 두 친구

정명섭 지음 | 13,000원

해방 후 남한으로 피난을 온 희준과 일본 오사카에서 귀국한 주섭. 마음이 통하는 친구를 만난 즐거움도 잠시, 총선거를 앞두고 치열했던 이데올로기의 대립은 두 친구에게도 들이닥친다. 10대들에게 전쟁의 폭력과 평화의 필요성을 일깨워주는 작품.

성장통 이후에 깨닫는 나다움의 의미

어느 날 문득, 내가 달라졌다

김이환 · 장아미 · 정명섭 · 정해연 · 조영주 지음 | 13,000원

모두가 한 번쯤 성장통처럼 겪는 10대의 몸에 관한 이야기를 독특하고 흥미롭게 풀어내는 단편소설집. 젊은 작가 5인은 이 작품에서 섬세한 언어로 낯설고 당황스러운 몸에 관한 10대들만의 감정을 풀어낸다.

나를 즐겁게 하는 것들과 나 자신 사이의 적정 거리

자꾸만 끌려!

김이환 · 장아미 · 정명섭 · 정해연 · 조영주 지음 | 13,000원

이 책은 스트레스로부터 벗어나고 더 행복해지기 위해 시작한 것들에 '중독'되어 일상이 파괴되는 청소년들의 모습을 솔직하게 보여준다. 10대들의 삶에서 떼려야 뗄 수 없는 요소가 된 스마트폰과 게임, 다이어트를 비롯해 인정과 관계 중독까지, 다층적인 시선으로 청소년들의 마음 건강을 위협하는 문제들을 다룬다.

유리가면
무서운 아이

초판 1쇄 발행 2022년 10월 5일
초판 3쇄 발행 2023년 10월 6일

지은이 | 조영주

발행인 | 박재호
주간 | 김선경
편집팀 | 강혜진, 이복규, 허지희
마케팅팀 | 김용범
총무팀 | 김명숙

디자인 | 디자인 잔
일러스트 | 나솔
교정교열 | 김선영
종이 | 세종페이퍼
인쇄·제본 | 한영문화사

발행처 | 생각학교
출판신고 | 제25100-2011-000321호
주소 | 서울시 마포구 양화로 156(동교동) LG팰리스 814호
전화 | 02-334-7932 **팩스** | 02-334-7933
전자우편 | 3347932@gmail.com

ⓒ 조영주 2022

ISBN 979-11-91360-46-2 (43810)